DE METAMORFOSES E DE SONHOS

DE ANNA CLAUDIA RAMOS
METAMORFOSES
E DE SONHOS

ilustrações de SURYARA BERNARDI

© EDITORA DO BRASIL S.A., 2016
TODOS OS DIREITOS RESERVADOS
Texto © ANNA CLAUDIA RAMOS
Ilustrações © SURYARA BERNARDI

Direção geral: VICENTE TORTAMANO AVANSO
Direção adjunta: MARIA LUCIA KERR CAVALCANTE DE QUEIROZ

Direção editorial: CIBELE MENDES CURTO SANTOS
Gerência editorial: FELIPE RAMOS POLETTI
Supervisão de arte, editoração e produção digital: ADELAIDE CAROLINA CERUTTI
Supervisão de controle de processos editoriais: MARTA DIAS PORTERO
Supervisão de direitos autorais: MARILISA BERTOLONE MENDES
Supervisão de revisão: DORA HELENA FERES

Coordenação editorial: GILSANDRO VIEIRA SALES
Assistência editorial: PAULO FUZINELLI
Auxílio editorial: ALINE SÁ MARTINS
Coordenação de arte: MARIA APARECIDA ALVES
Design gráfico: CAROL OHASHI/OBÁ EDITORIAL
Coordenação de revisão: OTACILIO PALARETI
Revisão: GISÉLIA COSTA
Coordenação de editoração eletrônica: ABDONILDO JOSÉ DE LIMA SANTOS
Editoração eletrônica: ADRIANA ALBANO
Coordenação de produção CPE: LEILA P. JUNGSTEDT
Controle de processos editoriais: BRUNA ALVES

Dados Internacionais de Catalogação na Publicação (CIP)
(Câmara Brasileira do Livro, SP, Brasil)

Ramos, Anna Claudia
  De metamorfoses e de sonhos/Anna Claudia Ramos;
ilustrações de Suryara Bernardi. – São Paulo: Editora do Brasil,
2016. – (Série toda prosa)

  ISBN 978-85-10-06385-2

1. Ficção juvenil I. Bernardi, Suryara. II. Título. III. Série.
16-04689   CDD-028.5

Índices para catálogo sistemático:
1. Ficção: Literatura juvenil 028.5

1ª edição / 3ª impressão, 2023
Impresso na Forma Certa Gráfica Digital

Rua Conselheiro Nébias, 887 – São Paulo/SP – CEP 01203-001
Fone (11) 3226-0211 – Fax (11) 3222-5583
www.editoradobrasil.com.br

FOCO, FOCO NO OBJETIVO. É SÓ O QUE PRECISO. CORRE, IGOR, CORRE. NÃO PARA. NÃO PARA. VOU REPETIR ISSO PARA MIM MESMO TODOS OS MINUTOS: CORRE, IGOR,

FOCO, FOCO NO OBJETIVO. É SÓ O que preciso. Corre, Igor, corre. Não para. Não para. Vou repetir isso para mim mesmo todos os minutos: corre, Igor, não para, foco no objetivo. Tenho essa mania de falar comigo mesmo enquanto penso.

Correr faz a gente pensar. Nunca tinha me dado conta disso. Também, nunca tinha corrido tanto antes. Bem que tentei lá pelos 13 anos, mas não deu certo. Não consegui vencer a barreira inicial.

Chega! Nunca mais quero ouvir as meninas da escola falarem que sou o gordinho fofo. Ainda por cima dizerem que sou superinteligente. Que sei tudo de cinema e literatura e por isso é legal ser do meu grupo do projeto de vídeo e criação. Tá, tudo bem, eu acho legal ser inteligente, mas não quero mais ser conhecido só por isso. Corre, Igor, corre!

Gordinho fofo inteligente. Detesto rótulos. Não quero ser o gordinho fofo inteligente. Quero ficar com uma menina. E no meu pensamento, as meninas não ficam com os gordinhos fofos. Acho que elas olham para a gente como amigos, tipo aqueles melhores amigos, para quem elas contam tudo, sabe? Minha mãe vive dizendo que isso é besteira da minha cabeça, que existem muitos gordinhos felizes com seu corpo e que as pessoas se apaixonam por aquilo que somos. Ela até me incentiva a emagrecer, mas por questões de saúde e não por estética, e tudo porque meu avô e minha tia por parte de pai morreram jovens com problemas de coração. Mas minha mãe não tem a minha idade. Para ela deve ser mais simples falar essas coisas, para mim não. Não estou mais cabendo dentro desse corpo, está me incomodando demais. Quero mudar, quero namorar e não consigo chegar perto de uma menina assim. Por isso, estou decidido: não vou mais ser gordinho fofo. Vou emagrecer. Pronto! Agora é para valer!

Corre, Igor, corre! Não para, não para. Foco na mudança. Foco no futuro. Foco nas meninas.
Corre, Igor, corre! Não para, não para. Foco na mudança. Foco no futuro. Foco nas meninas.

Ufa! Por hoje chega. Não aguento mais correr. Ainda estou pesado demais. Preciso perder muitos quilos até conseguir ficar bem veloz e alcançar meu objetivo.

Já sei que quando entrar em casa minha mãe vai reclamar que estou fedendo. Claro, o que ela pensa? Que suor tem cheiro de perfume? Pior é que adoro chegar e sentar no sofá até desacelerar. Mas sei que ela vai vir com aquela falação: "Igor, já te falei mil vezes para não sentar suado, que é para tomar banho primeiro porque você está estragando todo o sofá. As pessoas sentam e sentem esse cheiro que fica impregnado. Vá logo para o banho, meu filho, você está muito fedorento".

Pronto! Agora só me faltava essa. Gordinho fofo inteligente e fedorento. Por que minha mãe não consegue entender que eu gosto de relaxar antes do banho? Não entendo isso. Mas também não quero ficar pensando nisso agora, não. Tenho coisas mais importantes para focar neste momento. Quando chegar em casa, vou montar um quadro de metas a bater: perder 30 quilos. Sei lá quantos por semana, sei lá em quanto tempo, mas com certeza a tempo de estar magro para a festa mais esperada da escola. Tenho no máximo quatro meses até lá.

PROJETO PERDER 30 QUILOS: dedicação total! Sem tempo para mais nada a não ser correr, malhar, correr, malhar. E sem ninguém se meter na minha vontade. Quero provar para todo mundo que sou capaz de emagrecer por minha conta. Vou conseguir, estou determinado. Li num artigo outro dia que a força de vontade é tudo nessa hora. Não sei de onde ela surgiu, mas sei que agora estou com essa tal força dentro de mim.

Ainda bem que minha mãe topou pagar a academia depois do que fiz da vez passada. Naquela época, eu não estava pronto para este projeto de vida. Eu saía de casa dizendo que ia para a academia e ficava pela rua zanzando ou sentado à beira do mar esperando o tempo passar. Voltava meio suado por conta do calor, mas não frequentava a academia como combinado. Quando minha mãe descobriu tudo, falou até não poder mais, que eu era um irresponsável, que dinheiro não se achava no chão, que isso e que aquilo. Fiquei mal. Afinal, eu via que ela dava um duro danado e eu estava desperdiçando dinheiro. Mas desta vez implorei. Disse que ela poderia perguntar se eu estava frequentando as aulas, já que minha mãe também malha lá.

Quando fui falar com ela sobre minha vontade de voltar para a academia é claro que ela não perdeu a oportunidade de falar mil coisas. Minha mãe adora explicar tudo. E claro que as clássicas preocupações da minha mãe não poderiam ter ficado de fora da conversa.

– Ok, Igor, vou pagar a academia, mas se você não for como da outra vez vai ficar sem mesada até me pagar o que gastei com você, entendido?

– Entendido, mãe. Mas desta vez eu vou, porque quero emagrecer.

– Mas não seria o caso de irmos a um nutricionista para fazer este acompanhamento? Para ele passar uma dieta balanceada...

– Não, mãe, se eu malhar e comer menos besteiras eu vou emagrecer, confia em mim.

– Confiar, eu confio, meu filho, mas emagrecer sem ajuda não é tão simples assim. Vou ficar de olho em você. Se achar que está se excedendo em exercícios e dieta, vamos a um médico, ok?

– Não vai precisar, mãe, vai dar tudo certo. Aliás, você também não vai mais precisar gastar dinheiro com chocolates e biscoitos porque eu não vou mais comer essas coisas.

– Não mesmo?

– Não!

– Mas eu e sua irmã vamos continuar comendo, não vou deixar de comprar, e se você não vai mais comer, apenas vou comprar menos.

– Vai mãe... colabora aí! Sem chocolates e biscoitos em casa vai ficar mais fácil emagrecer.

– Igor, quem está de dieta é você, não eu e sua irmã. Além do mais, onde quer que você vá os chocolates e os biscoitos estarão por perto. O segredo é ficar firme no seu objetivo e aprender a comer com moderação.

Comer com moderação... Isso é coisa de mãe, só pode! Imagine conseguir comer só um bombom, só um pedacinho de pizza, só uma fatiazinha de bolo. Não sei se serei capaz disso um dia. Minha mãe insiste que isso é aprendizado e disciplina, que um dia saberei comer com moderação. Eu insisto que isso é loucura. Difícil demais. E que é muito injusto comer e engordar. O Leonardo come igual a um condenado e não engorda um grama. Isso não é justo. Decididamente não é. Por que uns engordam e outros não?

Mas vamos lá, preciso aprender a comer com a tal da moderação, senão minha mãe vai me levar a um médico e eu não quero. Quero provar que sou capaz de emagrecer sozinho.

ADORO FICAR AQUI NO MEU QUARTO.
Ainda bem que não preciso dividir o quarto com a minha irmã. Seria simplesmente insuportável não poder fazer o que fiz. Pelo menos nisso minha mãe é legal. Ela deixa a gente pintar as paredes do quarto, tipo personalizar nosso espaço. E não consigo pensar meu quarto sem tudo isso, mas eu não poderia ter feito o que fiz se tivesse que dividir o quarto com minha irmã. Ela teria tido um ataque.

Tudo começou naquelas férias de verão do ano passado, quando fomos para a Ilha Grande. Levei uns livros na mochila. Meus primos ficaram implicando que eu ia ficar lendo na Ilha com tanta coisa legal para fazer por lá, mas nem liguei. Eles que falassem, porque eu queria começar o projeto de vídeo e criação lá da escola com as leituras em dia. É que todo ano sai uma relação de livros na lista de material. Esse projeto é a parte que mais adoro na escola, porque a gente pode escolher o que quer fazer. As turmas se misturam por interesse e não por idade. Isso é bom!

Até o oitavo ano, temos que passar por todos os projetos que eles oferecem, para conhecer um pouco de cada arte, mas do nono ano em diante podemos escolher o que queremos fazer. Escolhi ser da turma de projeto de vídeo e criação. É muito legal, a gente estuda sobre cinema, vídeo, filmagens. Lemos vários livros, fazemos maratona de filmes nos fins de semana, mas essa parte é por nossa conta. Às vezes, os professores também vão.

Ano passado fizemos um curta que a galera da escola adorou. Fiquei bem feliz com isso, claro! Imagine a galera toda elogiando o meu trabalho. Motivo de orgulho mesmo! Muita gente falando que eu tinha tudo para ser um cineasta. Foram muitos elogios, fiquei feliz, mas me peguei incomodado com os comentários que ouvi de duas meninas do segundo ano:

"Sabia que foi o Igor que fez o roteiro do curta?". "Que Igor, do primeiro ano B?". "É, sim, aquele gordinho fofo que é uma gracinha". Que raiva me dava ouvir isso. Não queria ser o gordinho fofo. Queria ser só o Igor, sem rótulos.

Fico aqui pensando por que os comentários das duas meninas conseguiram ser mais fortes do que todos os elogios que recebi, e que nada tinham a ver com eu ser gordinho. Ainda não tenho resposta para isso.

Mas nas férias da Ilha Grande li um livro que não sei se eu entendi bem, mas que bateu em mim de um jeito que não sei explicar: *Metamorfose*, de um escritor tcheco chamado Franz Kafka. Fiquei muito mexido com esse livro. O cara acorda metamorfoseado em um inseto rastejante e repugnante, quer dizer, o cara não, o personagem, que se chama Gregor Samsa. Quando ele percebe que virou um inseto, se pergunta espantado: "o que terá acontecido comigo?".

Fiquei me vendo igual aquele Gregor, que na minha concepção não se adequava nem um pouco aos padrões esperados pela sociedade e pela família. O coitado trabalhava para pagar uma dívida do pai e o sujeito nem o tratava bem. Maior injustiça! Acho que a família dele só o tratava bem porque tinha interesse. Talvez a irmã tivesse algum sentimento de afeto, porque era a única que sentia um pouco de pena e o ajudava. Me deu uma dó do Gregor. Ele não podia mais sair, não podia mais trabalhar, ficou morando só no seu quarto, escondido de tudo e de todos, na maior sujeira e aflição. E quando ele morreu foi um alívio para a família, porque aquele Gregor inseto não tinha mais serventia. Baita injustiça. Fiquei mal com aquele fim, muito mexido mesmo.

Quando voltei para casa, acabei fazendo várias pesquisas, entrei em uns fóruns de discussão sobre o livro, assisti a um filme. Mas quanto mais eu lia, pesquisava e pensava, mais me questionava sobre essa metamorfose. Mas uma coisa eu achei legal na história: o fato dele parar de trabalhar fez todo mundo se mexer naquela família.

Naquele dia, quando acabei de ler *Metamorfose*, meus primos me chamaram para fazer uma trilha. Fui, mas não abri a boca durante a caminhada. Fiquei mudo. Pensando e me perguntando por que aquele livro tinha mexido tanto comigo. Não soube explicar. Acontece que eu fiquei mesmo foi ligado na tal ideia de metamorfose. Eu queria mudar. Mas não queria uma metamorfose que me matasse.

Saí da trilha decidido a deixar meu cabelo crescer e assim fiz. E comecei a usar só as minhas camisetas pretas de banda de rock, bermudas largas e tênis fuleiro. Um deles chegou a ficar tão rasgado e velho que usei fita isolante para consertar. Minha mãe queria morrer de vergonha. Ela nunca foi ligada nessas coisas de roupas ou tênis de marca, ela é superalternativa, mas não queria que eu andasse com um tênis preso por fita isolante e vivia dizendo que nem um assaltante iria querer aquela porcaria. Dito e feito.

Uma noite, quando eu estava voltando para casa, eu e meus amigos fomos assaltados. Os assaltantes queriam nossos tênis e celulares. Celular eu tinha deixado em casa. Mas o tênis... Quando o cara viu, mandou na lata: "tá ligado, moleque, tu não tem vergonha de usar essa porcaria, não. Nem eu quero esse troço". Ele ainda abriu a lata de lixo que tinha na rua e jogou meu tênis lá dentro. Fiquei com tanta vergonha do tênis rasgado que não tive coragem de pegar de volta. Voltei descalço e no dia seguinte saí com minha mãe para comprar um tênis novo. Claro que tive que ouvir ela ficar falando no meu ouvido. Minha mãe adora vir com lições de moral nessas horas em que algo acontece. Por isso, fico pensando que mães deviam vir com *plug*, para gente poder tirar da tomada quando elas começam a falar demais. Infelizmente, não é assim que funciona.

Quando eu voltei da Ilha, grafitei *Metamorfose* na parede que fica em cima da minha cama. Mas não queria me imaginar numa metamorfose ruim, muito menos pensar em coisas pesadas ou metáforas como a do Gregor Samsa ser o estereótipo de um cara que não se encaixava em padrões disso ou daquilo. Não queria morrer como o personagem e muito menos me sentir perdido. Mas a verdade é que ainda estou perdido, preciso assumir isso para mim mesmo. Ando querendo me achar, mas isso é muito complicado. Até pouco tempo, eu não me ligava em algumas coisas que hoje me incomodam. Quero emagrecer porque acho que isso vai facilitar bem a minha vida. Mas parece que nem tudo é tão simples.

Ainda tenho muitas perguntas em mim. Será que é por isso que curto as aulas de filosofia? Acho que sim. E deve ser por isso que há meses estou mergulhado nas aulas, tentando entender o que os filósofos têm para me dizer. Andei lendo um livro do Herman Hesse que também mexeu demais comigo, me deixou meio zonzo: *Demian*. Esse foi mais uma pancada na minha cabeça. Engraçado esse poder que os livros têm de deixar a gente diferente, de mexer por dentro, mas da gente precisar ler mais e mais. Acho que estava tentando me entender. Mas quanto mais eu lia, mais perguntas eu me fazia. Ainda faço. Mas agora o foco é outro: projeto perder 30 quilos! Nada de cinema, de livro, de nada. Não dá tempo. O foco é correr e malhar, sem parar!

Estou no segundo ano e continuo no projeto de vídeo e cinema. Mas engraçado que não consigo mais me concentrar tanto quanto antes. Sempre adorei as aulas de vídeo e criação, jogar bola, as rodadas de cinema e debate nos finais de semanas, mas tudo começou a ficar estranho. E tudo porque simplesmente eu detestava o fato de não ter tido uma namorada e não ter ficado de verdade com uma menina.

Bem, continuo jogando bola nos intervalos das aulas e no recreio. Engraçado que jogar bola foi uma coisa que sempre gostei. E até jogo bem. Para isso ser gordinho nunca me atrapalhou... E continuo chegando suado em casa e minha mãe implicando. Decididamente mãe não entende de filho. Também pudera, né! Mãe não é homem, não saca muito como a gente funciona. Com meu pai não tem essas frescuras de estar suado, com fedor de jogar bola. Com ele esse papo é tranquilo. Uma vez disse isso para a minha mãe e ela veio com um papo de que falar essas coisas é perpetuar uma ideia antiga de que mulheres não entendem homens e vice-versa. Ela diz que meu pai entende minha atitude, porque ele não se liga em organizar a casa, mas que existem homens muito mais organizados que mulheres. E que isso e que aquilo.

Essa capacidade da minha mãe de desconstruir as coisas sempre me faz repensar valores. Aí sou obrigado a pensar em coisas que não pensava antes e fico grilado de parecer estar sendo machista, porque detestaria isso. Acontece que aquela história de metamorfose não desgruda de mim. Eu fico pensando na metáfora da metamorfose, mas muito mais de lagarta para borboleta, de patinho feio para cisne, do que de homem para inseto repugnante. Acho que o tal Gregor fez uma metamorfose às avessas, coitado!

Volta e meia, o livro *Metamorfose* volta na minha cabeça. Por que será? Toda vez que penso nisso vem junto outro pensamento: não quero morrer, quero uma metamorfose diferente, quero mudar. Quero ficar magro, quero que as meninas olhem para mim e falem: "Sabe o Igor? Qual? Aquele gato do segundo ano?". É só o que quero. Pode parecer besteira falar assim, mas para mim isso agora é muito importante.

NÃO SEI POR QUE MINHA MÃE EN-
louqueceu no dia em que eu pintei um tabuleiro de xadrez no chão do meu quarto.

– Mas mãe... Não foi você mesma que disse que no nosso quarto a gente podia fazer o que quisesse.

– Não precisava exagerar, meu filho! Quando você enjoar desta porcaria vai dar um trabalho imenso desfazer tudo isso.

Não entendi nada. Se eu podia me expressar no meu espaço, por que ela estava implicando com meu tabuleiro de xadrez pintado no chão do MEU quarto?

Acontece que eu simplesmente pirei quando assisti um dos filmes que o professor Artur passou para gente um dia lá na aula: *O sétimo selo*, do cineasta Ingmar Bergman. Aquela cena que o Artur disse que já tinha se tornado clássica na história do cinema, do cavaleiro Antonius Block jogando xadrez com a

Morte me deixou intrigado. Quando cheguei em casa fui pesquisar sobre o filme, li um monte de coisas sobre o significado do sétimo selo e do filme. Tá, tudo bem, os críticos podiam até ter razão, mas naquela hora eu não estava pensando em Idade Média, Cruzadas, Religião, Deus e Diabo, nada disso. Até falei para o Artur que gosto mais de pensar num filme ou num livro pelo que ele mexe comigo e não só por toda uma análise critica dos doutores da arte e da academia de literatura ou cinema. Tem horas que acho isso um saco.

Quando assisti *O sétimo selo* pela primeira vez fiquei bem perdido. Perdido, mas mexido. Fui num sebo que também vende filmes e consegui comprar o DVD. Assisti sei lá quantas vezes até entender o que Antonius Block e a Morte estavam querendo me contar. Minha mãe ficou grilada, porque eu passei o fim de semana todo trancado aqui no quarto.

Usei a imagem do Antonius Block jogando xadrez com a Morte e criei um jogo que passei a chamar de Eu e eu mesmo. Mas para isso, foi preciso pintar o chão do meu quarto. Desde então, tenho jogado xadrez comigo mesmo, um jogo entre o Igor gordo e o Igor que quer se metamorfosear e ficar magro. Será que dá para entender ou será que isso é maluquice minha?

Quero virar cisne. Não quero mais ser patinho feio. Aliás, adorava essa história quando pequeno. O patinho sofria, sofria, era discriminado, mas no final da história se tornava um cisne lindo. Superava tudo, meio que renascia. Gostava de saber que tinha uma salvação no final. Claro que eu não sabia explicar isso quando era moleque, apenas gostava de tudo isso. Tenho um exemplar desse livro de capa dura até hoje. Quer dizer, hoje em dia deve estar lá no quarto da minha irmã, que nasceu depois de mim e levou vários livros para o quarto dela. Qualquer hora vou lá procurar. Outro dia achei, por acaso, uma foto minha às gargalhadas folheando o *Patinho feio*. Eu devia ter um aninho na foto. Eu era um bebê fofo. Mas todo mundo acha um bebê fofo. Minha tia vive dizendo que meu priminho é a coisa mais fofa da família, mas ele tem um ano. Todo mundo adora apertar as bochechas dele. Mas um cara que acabou de fazer 16 anos não precisa mais ser chamado de fofo, precisa ser o gostoso do pedaço. O que impressiona.

Por que toda vez que eu penso isso lembro logo na minha mãe me dizendo: "Igor, não adianta ser bonito se você não for uma pessoa bonita por dentro"? Sei que ela tem razão, sei, mas não quero pensar nisso agora, não quero! Por enquanto, quero apenas me sentir bonito por fora e atingir minha meta de perder 30 quilos.

Hoje, no meu jogo Eu e eu mesmo, descobri que ganhei uma parte dessa partida com o Igor gordinho fofo. Consegui perder alguns quilos. Engraçado imaginar que neste jogo preciso perder para ganhar. Quanto mais quilos eu perder mais irei vencer o gordinho fofo.

Eu vou vencer. Aqui é vencer ou vencer, senão a Morte poderá ganhar de mim como ganhou do Antonius Block lá no filme. Não posso deixar o Igor magro gostosão morrer antes de nascer, mesmo que falando apenas da morte de forma simbólica. Mas essas paradas de simbolismos são fortes. Meu pai vive me falando isso. Acho que estou começando a entender.

Mudar requer esforço. É como se a gente tivesse que vencer a si mesmo. Ih! Lá vou eu começar a filosofar... Parece que isso não vai sair de mim nunca. Mas é legal pensar que estou determinado a emagrecer. Estou forte e conseguindo não comer mais tantas bobagens. Devia estar pensando na tal questão da saúde, porque na família do meu pai tem gente com problemas cardíacos, mas sei lá, acho que isso ainda não faz parte das minhas preocupações. No momento, estou mais preocupado com a minha estética, ando querendo mesmo é arrumar uma namorada. Que mal há nisso?

Meta do dia de hoje: duas aulas de *spinning*, uma partida de futebol na areia e uma corridinha antes do jogo. Naquele estilo: Corre, Igor, corre! Não para, não para. Foco no futuro...

Ah! Não gosto nem de me lembrar que tive que começar a fazer uma dieta mais balanceada como minha mãe gosta tanto de falar. Semana passada, quase desmaiei quando cheguei da escola. Saí de casa só tendo tomado uma xícara de café com leite. Joguei bola em todos os intervalos e no recreio. Fiquei na escola até duas da tarde sem comer nada, quando entrei em casa acho que eu devia estar quase transparente. Estava me sentindo fraco demais. Fiquei tonto, comecei a ver tudo meio escuro. Foi quando entendi que não dava para malhar tanto sem me alimentar direito. Pela primeira vez o que minha mãe vinha falando fazia sentido. Antes eu achava que ela estava maluca falando essas coisas. Afinal, ela vivia dizendo para eu comer menos e quando comecei ela ficou preocupada. Pensei: cara, as mães só podem ser meio sem noção, nunca sabe o que querem. Se eu como, ela me manda parar, se eu paro, ela me manda comer...

Só entendi o significado de: "Meu filho agora você está me preocupando às avessas, antes comia demais, agora de menos. Quando você vai entender que não pode fazer tanto exercício sem se alimentar? Qualquer dia vai desmaiar". Parece que mãe sabe tudo que vai acontecer com a gente antes de acontecer, que raiva que eu tenho disso! Detesto ter que dar razão a minha mãe, mas naquele dia tive que dar.

Aceitei ir a uma consulta com um nutricionista que me deu várias orientações. Mas disse que não ficaria voltando lá, só quis ouvir algumas dicas para entender melhor sobre a tal dieta balanceada. Depois disso, minha mãe começou a me obrigar a comer de tanto em tanto tempo, mudou minha alimentação e disse que está de olho em mim.

Agora, rumo à academia.

OUTRO DIA, MINHA MÃE SURTOU.

Saí dizendo que ia para a academia e voltava, mas que não ia levar celular. Até aí tudo bem, ela não ligou, mas ficou apavorada quando voltou para casa e minha irmã disse que eu não tinha chegado da academia. Ela foi lá atrás de mim. Só porque eu fiquei quatro horas seguidas na academia, ela ficou histérica. Dizendo que era um absurdo eu exagerar tanto. Pode uma coisa dessas? Mães...

Quando eu não conseguia ter força de vontade para cuidar da minha saúde era um problema, agora que eu estou tendo, parece que também é um problema. Mesmo que meu foco seja diferente do da minha mãe, não consigo entender por que ela ficou brava só porque fiquei praticamente a tarde toda na academia. Também não consigo entender por que às vezes fico tão dividido. Como se existissem dois Igor dentro de mim. Como se esses dois lados ficassem brigando entre si. Um fazendo o outro pensar. Fico querendo emagrecer, ficar bonito, namorar, mas fico pensando que desde pequeno eu gosto de ler e estudar, mas não ando tendo tempo para isso e muito menos isso tem sido a prioridade do momento. Um projeto perder 30 quilos não é tão simples assim.

Quando voltei para casa passei o resto do dia traçando estratégias de jogo. Resolvi assistir mais uma vez *O sétimo selo*. Quanto mais eu assistia, mais eu gostava da história. Mas decididamente não queria pensar no filme como simbologia de Apocalipse, muito menos ficar ligado nessa parada de um Deus vingativo, que enviava uma peste para dizimar a população. Eu não tinha os mesmos conflitos que o Antonius Block. Não mesmo. Para mim, esse papo de Deus é diferente. Minha mãe fala de um Deus de infinita bondade e amor. Ainda não consigo entender isso muito bem. Para mim, Deus existe em cada um, como uma força que nasce por dentro, feito essa força de querer emagrecer que estou tendo. Tipo algo que a gente sente, mas não sabe explicar, só sabe que existe. Sei lá... Ao mesmo tempo gosto de saber que existem maneiras diferentes de entender Deus ou mesmo de saber que tem gente que não acredita em nada. Gosto dessa mistura de crenças. Só não gosto de gente que acha que a sua religião é a certa e fica querendo fazer a gente mudar de ideia. Isso não dá para mim, não!

Mas hoje rolou uma coisa muito legal lá na escola. Uma menina do outro segundo ano me olhou no corredor. Ela tinha feito um intercâmbio e ficado uns meses fora da escola. Quando passou por mim, me olhou meio assustada. Tipo tentando ver quem eu era. Como se eu fosse um aluno novo. Levou um susto quando viu que era eu, o Igor gordinho. Acontece que esse rótulo já não cabia mais em mim. Eu estava arrancando esse rótulo definitivamente do meu corpo.

Sorri sozinho andando pelo corredor. Não sabia que já dava para reparar que eu estava mais magro. Minha mãe e minha irmã comentam de vez em quando, mas elas moram comigo e me veem sem camisa e aí fica fácil perceber que estou emagrecendo. Acho que não me dei conta que perder 20 quilos já dá para fazer uma boa diferença. Os amigos que convivem comigo mais de perto comentam que estou bem mais magro, mas acho que estou tão obstinado por esse processo de emagrecer que ando meio cego para algumas coisas. Achei que as roupas largas e soltas não dessem a nítida ideia do quanto estou mais magro e definido.

Agora eu sabia que tinha ganho mais uma partida no meu jogo Eu e eu mesmo: tinha perdido mais 10 quilos. Agora já são 20! Faltam apenas mais 10 para chegar à minha meta.

Comecei a ir à praia também, mas ainda vou sozinho, fico andando de um lado para o outro, pegando uma cor. Quero ficar bem moreno quando estiver magrinho e sarado. Quero arrasar na festa da escola. Tipo entrada triunfal. Metamorfose total.

Meu cabelo continua enorme. Também, pudera né, não corto desde quando fiz 15 anos. Já estou com 16 e alguns meses. Minha irmã disse que meu cabelo está lindo. Achei engraçado. Ela nunca fala nada sobre esses assuntos comigo.

Ainda continuo usando camisetas de banda de rock, mas elas estão começando a me incomodar. Não sei ainda por quê. Estranho isso. Sei lá, vai ver quando a gente muda, as roupas mudam com a gente. Como se a nova imagem que quero construir para mim precisasse ser totalmente diferente. Tenho sentido vontade de usar roupas coloridas, coisa que há muito não faço. Minhas bermudas estão caindo, mas não troco por nada, até não dar mais para apertar o elástico. Sei que vou precisar comprar roupas novas, com tamanhos menores. Mais dia, menos dia nem a bermuda de elástico vai dar conta. Já apertei tudo que podia. Esse vai ser um dia feliz, bem simbólico, por sinal.

SEI QUE EU ESTOU ME REPETINDO, sei disso, mas a ideia da metamorfose não me sai da cabeça. Na verdade, a história do livro não me sai da cabeça por nada. Tanto que hoje acordei pensando de novo no Gregor Samsa. Coitado do cara, não teve tempo de mudar para algo melhor. Ele meio que se deteriorou no tempo e no espaço. Fiquei pensando muito nisso. Ele não conseguiu vencer aquele ciclo vicioso. Que coisa horrível imaginar uma vida sem saída. Fiquei pensando muito nisso. Não queria uma vida sem saída para mim. Não queria ficar gordo para sempre. Estava incomodado e me sentia pouco à vontade no meu corpo. E não adiantava nem pai, nem mãe, nem professor, nem ninguém vir me dizer que aparência não é o mais importante, porque para mim, estava sendo. Era contra a minha imagem de gordinho que eu lutava. E eu tinha certeza que não queria mais ser o gordinho fofo inteligente. Queria ser apenas o Igor. Precisava vencer essa batalha urgente.

Bem, já tinha vencido uma parte, o gordinho já não estava cabendo mais em mim. O inteligente eu acho que não vai ter como arrancar o rótulo. Não tem jeito. Afinal não se tira de uma pessoa a sua formação. Meu avô sempre dizia isso. O fofo tudo bem, pode até ficar, desde que fofo mude de sentido...

Abrindo esse espelho me olho e me vejo bem mais magro. Mal reconheço meu rosto. Sei que ainda me escondo nas roupas largas. Mas agora sem camiseta, me olhando bem, estou ficando forte e definido. Olha só!

Aí, Igor! Tá ficando como você queria, hein, cara! Agora falta cortar esse cabelo e comprar umas roupinhas mais justas e transadas, né? Para uma metamorfose perfeita precisa de uma mudança de visual geral. Aquelas roupas largas já não combinavam mais comigo. Não queria mais usar só aquelas blusas, estava realmente sentindo falta de usar roupas mais alegres.

Isso sou eu falando comigo mesmo. Tenho essa mania de conversar comigo. Mas ainda não está na hora de cortar os cabelos, a meta ainda não foi alcançada. Por isso, agora é hora do momento ESPORTES: correr e depois, academia. Eu e eu mesmo. No jogo e na vida.

Nunca me imaginei gostando tanto de correr e de malhar. Esse troço vai viciando a gente. Dá vontade de fazer mais aulas de *spinning*, mas outro dia o professor me proibiu de fazer mais de duas aulas por dia. Parecia até uma mãe. Mas tudo bem, pelo menos ele me deu altas dicas de alimentação e corrida. Vamos lá!

> Corre, Igor, corre! Não para, não para. Foco no futuro. Foco nas meninas. Corre, Igor, corre! Não para, não para. Foco no futuro. Foco nas meninas.

Acho que só os gordinhos que passam por isso entendem a satisfação que é se ver no espelho bem mais magro. E tudo isso fruto de um esforço pessoal. Disciplina de atleta! Não dá para fazer corpo mole e nem se deixar levar por coisas que não cabem mais, tipo comer uma panela inteira de brigadeiro de uma tacada só ou um bolo de cenoura com chocolate sem dividir com sua mãe ou irmã. E pior, ainda lavar todas as panelas, liquidificador e o tabuleiro para ninguém ver que você fez um bolo e comeu sozinho. Isso não cabe mais.

Querer mudar deixa a gente menos egoísta. Achei legal sacar isso. Cara, como penso enquanto corro. Penso, discuto comigo mesmo, lembro várias coisas, como aquilo que o Vitor me disse outro dia e fiquei refletindo. O pai dele fez aquela cirurgia de redução do estômago, emagreceu, ficou ótimo, magrinho mesmo, mas dois anos depois engordou tudo de novo. Pensei tanto sobre isso... Será que essa parada de voltar a engordar tem a ver com o fato da pessoa não mudar por dentro, não mudar seus hábitos? Será?

É isso. Preciso mudar para sempre a mentalidade do gordinho fofo. Não quero mais pensar em comer besteiras, quero ter uma alimentação saudável. Será que isso tem a ver com a tal história de moderação que a minha mãe tanto fala? Sei lá. Só sei que daqui para frente quero ser só o Igor. Sem rótulos pejorativos, porque isso machuca demais a autoestima de uma pessoa. Mania que a galera tem de chamar os outros de gordinho. E quantos gordinhos são chamados de baleia, orca, bolo fofo. Ainda bem que nunca ganhei um apelido, mas coisas assim machucam a autoestima de uma pessoa.

Corre, Igor, corre! Não para, não para. Foco no futuro. Foco nas meninas. Corre, Igor, corre! Não para, não para. Foco no futuro. Foco nas meninas.

Ufa! Chega de correr! Agora, rumo à aula de *spinning*.

PROJETO PERDER 30 QUILOS: AINDA faltavam 10! Ou seja, pelo menos um mês inteirinho trabalhando para chegar lá! Mas eu tinha certeza que ia conseguir. Estava com foco no objetivo!

Por isso, no ultimo mês minha vida foi assim: quatro semanas entre a escola, o curso de inglês e os esportes.

Provas? Trabalhos do projeto? Leituras? Cinema? Não andava tendo tempo para nada disso. Minha vida agora se resumia em perder peso.

Semana 1: Corre, Igor, corre! Não para, não para. Foco no futuro. Foco nas meninas. Corre, Igor, corre! Não para, não para. Foco no futuro. Foco nas meninas. Corre, Igor, corre! Não para, não para. Foco no futuro. Foco nas meninas. Corre, Igor, corre! Não para, não para. Foco no futuro.

Ufa! Chega de correr! Agora, rumo à aula de *spinning*.

Semana 2: Corre, Igor, corre! Não para, não para. Foco no futuro. Foco nas meninas.

Semana 3: Corre, Igor, corre! Não para, não para. Foco no futuro. Foco nas meninas.

Semana 4: Corre, Igor, corre! Não para, não para. Foco no futuro. Foco nas meninas.

Agora estou aqui, no prazo que me dei para perder 30 quilos. Ainda faltavam dez quilos até o mês pesado. Mas hoje é o dia D. Dia de me pesar e ver se consegui.

Hoje é a partida final do meu jogo Eu e eu mesmo. Vamos ver quem ganhou?

Estou confiante! Já não têm mais como apertar o elástico das minhas bermudas, elas estão caindo mesmo.

Calma, Igor, calma, confiança!

Coragem: sobe logo nesta balança...

Subi.

CONSEGUI!

Tem noção do que é perder 30 quilos em quatro meses, fruto de MUITA força de vontade e determinação? Uau! Estou realmente feliz!

Estou em cima do meu tabuleiro de xadrez mexendo pela última vez minha peça nesta partida final de Eu e eu mesmo.

Pois é, Igor gordinho, perdeu maluco, eu venci essa partida. Agora sou o Igor magrinho. Não, não quero um novo rótulo. Agora quero ser só o Igor. Metamorfoseado.

É como se eu estivesse jogando um *game*. Venci os desafios desta etapa. Mudei de fase. Agora vou para a fase: NAMORAR. Obrigado, Ingmar Bergman, valeu por criar um filme que me instigou. Eliminei de vez o gordinho em mim. Agora falta cortar os cabelos, mudar o visual que a festa é no próximo final de semana. Ou seja, daqui a dois dias. Essa festa que as turmas do terceiro ano organizam todos os anos para arrecadar fundos para a formatura é a festa mais esperada da escola. Nos outros anos eu fui e fiquei lá de papo com a galera, mas ainda tinha vergonha de mim mesmo. Agora, vou de cabeça erguida. Orgulhoso de mim mesmo. Mas... Espera aí... E se não for tão simples assim? E se nenhuma menina quiser ficar comigo? E se eu me atrapalhar e falar muita bobagem? Cara, como eu penso, como fico em dúvida. Por que não basta só ter emagrecido e pronto? Por que as perguntas não foram embora com as gorduras? Vai ver é o tal filósofo que dizem que mora em mim que não para nunca de se perguntar. Mas não quero pensar isso agora. Sai daqui insegurança. Quero comemorar esta minha vitória.

Pela primeira vez em mais de um ano e meio estou vestindo uma camiseta amarela e bem mais justa que as que estava usando nos últimos tempos. Achei essa camiseta no fundo do meu armário, foi das olimpíadas da escola de quando eu estava no oitavo ano. Agora vou sair do quarto.

Quero só ver a reação da minha mãe quando olhar para esta camiseta amarela. Ela já falou que está orgulhosa de mim, que estou conseguindo emagrecer e que levei a sério a alimentação balanceada, mas acho que ela fica meio grilada de ficar falando muito sobre esse assunto com medo de eu desistir só para provocá-la. Nem por nada faria isso. Desistir, jamais!

E realmente minha mãe tinha razão, estou aprendendo a ver chocolates e não querer devorar uma barra inteira numa dentada só! Mas aprendi que para conseguir fazer isso sozinho, sem médicos ou psicólogos, é preciso muita determinação e força de vontade. E claro, uma família que ajude. Reclamo da minha mãe, mas ela ajuda muito me fazendo refletir sobre as coisas. Não sou de falar, sou mais de pensar. Mas escuto muito o que ela me diz e tento colocar em prática. Meu pai também fala umas coisas legais. Outro dia ele me disse que o desafio agora não é emagrecer mais, apenas manter o peso e para isso a tal disciplina vai ser fundamental. Por isso, quando me bate uma vontade louca de comer besteira eu penso logo: foco, Igor! Foco no objetivo. E que não me levem a mal, mas no momento meu objetivo é namorar. Meio que falo isso para mim, me justificando... Vamos lá. Abrindo a porta. Saindo do quarto e falando sem dar chance da minha mãe dizer nada.

– Oi, mãe, você pode me dar uma grana para cortar os cabelos e depois será que você pode ir comigo comprar umas roupas novas, coloridas?

– Nossa, filho, claro! Estava esperando você me pedir isso faz tempo. Suas roupas estavam caindo de tanto que você emagreceu. Acho que vamos precisar doar todas as suas roupas, estão enormes.

– Enormes mesmo. Olha só! – e mostrei a bermuda com o elástico apertado ao máximo e... caindo!

– Vamos lá então!

Vi a cara de espanto da minha mãe e da minha irmã quando me viram vestindo uma camiseta amarela. Também percebi que minha irmã ia implicar, mas ao mesmo tempo, vi a cara da minha mãe olhando para ela como quem diz: "Fica quieta, minha filha. Não fala nada, não, deixe seu irmão".

Tem horas que a minha mãe é o máximo.

Ela perguntou se podia me acompanhar até o barbeiro. Disse que sim, desde que ficasse quieta e me deixasse cortar os cabelos do meu jeito. OK! Ela topou. Saímos. Só nós dois. Eu e minha mãe.

FOI BEM LEGAL. FAZIA TEMPOS EU não saía assim com a minha mãe. Nos divertimos bastante comprando roupas. Dava para ver a alegria no rosto dela. Acho que estava feliz com minha nova fase, mas engraçado que parecia até que evitava falar sobre o assunto deu ter emagrecido. Até estranhei. Logo ela que fala tanto...

Aproveitei que quando a gente chegou em casa, vi que ela estava de bem com a vida (e comigo) e mostrei meu boletim. Tinha que pegar minha mãe numa hora boa, porque o boletim não estava nada bom. Eu estava mal com aquele boletim, claro! Mas antes que ela começasse uma falação eu fui logo pedindo para ela não brigar muito, não, porque afinal de contas eu nunca tinha tirado notas baixas. Fui logo explicando que nos últimos meses eu tinha andado muito ocupado perdendo peso, não tinha sobrado muito tempo para estudar, mas que iria recuperar isso no último bimestre. Que não precisava se preocupar. Ela sorriu e falou: "Está bem, Igor, vou te dar um refresco, porque você nunca me deu trabalho com estudos, meu filho. Confio em você, sei que você vai recuperar suas notas agora no último bimestre e passar de ano".

    Nessa hora, senti que a coisa ia ficar feia para o meu lado. Porque confesso que eu não andava com vontade nenhuma de estudar. Agora eu só pensava em meninas, em malhar e continuar meu projeto de ser um Igor novo. Minha mãe que me desculpasse, mas pela primeira vez na vida não andava com a menor vontade de estudar, de ler, de assistir filmes. Não que eu achasse que quem curte malhação e esportes não pode estudar e ser inteligente, não é isso. Mas é que eu simplesmente não estava sendo capaz de administrar estudo, leituras e projeto perder 30 quilos ao mesmo tempo, só isso.

    Achei que ia me sentir estranho dentro dessas roupas coloridas, mas que nada. Gostei. Pedi para minha irmã me ajudar a escolher a roupa que devo usar na festa. Estou inseguro. Tipo: virei cisne, mas ainda não sei como voar direito.

    Mas mesmo assim vou logo avisando: agora ninguém me segura mais.

    Gregor Samsa, que pena que não deu tempo de você passar por uma nova metamorfose. Que pena que você não teve opção. Maior dó de você, cara! Mas eu consegui, venci o jogo. Perdi 30 quilos e venci a partida contra eu mesmo.

    Eu e eu mesmo. Um novo eu nasceu das minhas profundezas. Tirei a capa de gordura. Arranquei a força de muito trabalho e dedicação o rótulo que mais detestava: gordinho. Fui arrancando ao longo desses meses.

Será que está certo a gente falar que se auto venceu? Sei lá, mas a sensação é esta. Se eu não emagrecesse, eu sentiria que a Morte teria me engolido vivo. Antonius Block, eu venci esta partida de xadrez. Queria te contar que é possível. E antes que alguém venha me dizer que no filme a história era outra, que o contexto era outro, vou logo falando que eu não estou nem aí, que eu sei, mas que continuo gostando mesmo é do impacto que um livro, um filme, tem no nosso lado de dentro. Nessa pancada que dá na cabeça e a gente desperta para algo que nunca tinha sentido antes. Acho que é isso que vale num livro, mais do que qualquer interpretação acadêmica.

Mas o mais estranho é que não ando lendo nada, nem perto dos livros que tanto gosto eu tenho chegado e mesmo assim eles não desgrudam de mim. Mas eles que me desculpem, no momento tenho coisa mais importante a fazer.

Uma nova etapa da minha vida começa hoje! Mudei de fase neste jogo. Nesta fase os objetivos a alcançar são outros. Não existem livros nesta fase. Nem cinema, nem gordinho fofo inteligente.

Mas... O que será que vai acontecer amanhã quando eu chegar no colégio totalmente diferente, de cabelos cortados, com essa roupa mostrando meu corpo definido?

Melhor dormir e tentar parar de pensar nisso tudo.

NA MINHA CABEÇA EU TINHA CERTE-
za que a nova fase seria leve, sem grandes batalhas e com MUITO beijo na boca. Era tudo o que eu queria, mas nunca imaginei que fosse dar tantos beijos em tão pouco tempo. Estou aqui me lembrando de quando cheguei na escola metamorfoseado e escutei:

– Igor?! É você mesmo? Eu já tinha reparado que estava emagrecendo, mas não tinha percebido que você tinha emagrecido tanto assim, menino. Vai ver aquelas camisetas largas não deixavam...

– Garoto! Onde é você estava se escondendo? Você tá muito gato!

– Uau, Igor, esse cabelo cortado ficou o máximo! Agora dá pra gente ver bem seus olhos e seu sorriso. Aquele cabelão era lindo, mas escondia seu rosto.

– Cara, você deve ter tido muita força de vontade mesmo. Se fosse eu, não teria conseguido.

– Eu adorava você gordinho, do jeitinho que você era, mas eu tenho que admitir que você ficou muito gato, Igor.

Esses foram alguns comentários que ouvi das meninas da minha turma. Claro que eu sei que muitos eram brincadeiras, como o da Moniquinha que perguntou onde eu estava me escondendo. Mas mesmo assim me diverti, me senti leve. Mas o melhor de tudo foi ouvir a conversa entre duas meninas do TERCEIRO ano. Tá ligado que eu falei TERCEIRO ano? Meninas mais velhas do que eu e que até outro dia nem notavam minha presença. Se minha mãe pudesse ler meus pensamentos iria vir com aquela falação de que quem vê cara não vê coração, de que nem tudo na vida são aparências, que o mais importante é a essência. Tá, tudo bem, eu já sei disso, sei que a essência é algo fundamental, mas neste momento estou pouco me ligando para essas coisas. Quero mais é ficar com as meninas mais gatas. Será que dá para entender isso?

E escutar o que escutei de uma das meninas mais cobiçadas da escola, não tem preço, tipo propaganda de cartão de crédito.

Eu estava no recreio, perto da cantina e razoavelmente perto delas. Deu para ouvir tudo que falavam. Fiquei rindo sozinho, por dentro.

– Quem é aquele gato, Dé? Aluno novo?

– Você não viu quem era, Manu?

– Não! Nunca tinha visto aquele gato aqui na escola!

– Também pudera, Manu! Você só presta atenção em quem te interessa, né? Aquele é o Igor, do segundo ano.

– O quê?!!! O Igor? Mas o Igor não era um menino gordinho da oficina de vídeo?

– Você quer dizer ex-gordinho, né amiga! Atual Igor, o sarado!

– Onde será que ele se escondia, amiga? Tomara que ele vá à festa amanhã.

– Tomara!

Cara, elas falaram tomara! Elas queriam que eu fosse à festa. E eu fui. E eu fiquei com a Manu. Não estava acreditando que eu tinha conseguido isso. Aliás, ninguém estava acreditando na minha metamorfose total. De patinho feio para cisne. Antes, eu me sentia o próprio patinho feio, não estava confortável na imagem do gordinho. Queria me sentir bonito ficando magro, que mal há nisso? Não é só porque eu queria ficar magro que eu seria um cara fútil, vazio. Só queria me sentir bonito, feito o patinho feio quando virou cisne. E vou dizer que é bem melhor ser cisne. A gente ganha mais elogios. Mas fiquei pensando, porque penso muito, que é ruim demais sofrer esses preconceitos, porque se é gordo. É horrível isso. Acontece que de Igor gordinho fofo virei Igor, o gato. Engraçado... Acho que a gente não se desgruda dos rótulos. Eles apenas mudam. Podem ser bons ou ruins, mas continuam sendo rótulos. Troço chato esse. Mas já que não dá para fugir disso, é bem melhor o rótulo de 'gato' do que de 'gordinho fofo'...

A festa foi muito legal. Eu fiz sucesso e isso me fez um bem incrível. Tipo autoestima nas alturas. Todo mundo comentando que eu estava diferente, que estava gato, perguntando como eu tinha conseguido perder tanto peso em tão pouco tempo. Contei toda a história. Meio que virei o centro das atenções. Foi muito bom. Nunca me imaginei fazendo tanto sucesso. Curti muito a festa. E beijei MUITO!

Mas nas últimas semanas só tem dado tempo para ir à escola e ao curso, correr e malhar e namorar. É... arranjei uma namorada, a Monique. Ela não é da escola, não, é do curso de inglês. Estuda na minha sala. Mora sozinha com uma governanta. Maior maluquice a família dela. Pais separados, que moram cada um num país diferente. Ainda não entendi por que ela está aqui no Brasil este ano. Mas ano que vem ela vai morar com a mãe na França. Bem, enquanto isso não chega, aproveito para namorar muito. Tenho ficado bastante na casa dela nos últimos dias. Não preciso nem explicar nada, né? Só que é bom demais. É bom sentir e viver tudo isso. Dá uma sensação de liberdade.

Estudar que é bom, recuperar notas, realmente não está nos meus planos neste final de ano. Quer dizer, estar até estava, quero passar de ano, só que nunca sobra tempo para estudar. Estou muito ocupado namorando e malhando.

Minha mãe andou ligando para o meu pai, pedindo para ele vir conversar comigo sobre meninas, porque ela está preocupadíssima. Esse *íssima* é por conta dela, exagerada que só!

Meu pai me encontrou e contou que ela disse que eu agora não paro em casa, que tenho passado os dias enfiado na casa de uma tal de Monique, que ainda por cima mora só com a governanta. Que isso era um absurdo. Fez queixas que eu não estudo mais.

Conclusão: sermão de mãe e de pai. Dose dupla. Maior chatice.

Por que os pais não entendem que a gente cresce? Mania de quererem controlar nosso tempo, nossas vontades, nossa vida.

Ah, OK! Antes que meu melhor amigo me diga que eu não sei o que são pais controladores, porque os dele, sim, são um horror de controladores, isso eu sei, vou logo dizendo, que acho que família é família, cada um se acha controlado do seu jeito. Queria que meus pais não se metessem na minha vida e nem dessem opinião de nada nesse momento. Queria que me deixassem namorar em paz e não ligassem se eu repetisse o ano. Mas acho que isso não vai rolar, vai ser impossível.

Ontem eu e a Monique tivemos uma ideia. Daqui a duas semanas vamos entrar de férias. Ela só vai viajar dia 22 de dezembro, pouco antes do Natal. Até lá teremos algumas semanas juntos. Pensamos que seria bem legal eu ficar lá na casa dela esses dias, meio que morando lá. Imagine que máximo! Total liberdade!

Acho que minha mãe não vai gostar dessa novidade. Vou passar o resto da noite ensaiando como vou dar esta notícia aqui em casa. Esta e a do boletim que sai no final da semana.

A MINHA MÃE SIMPLESMENTE SUR-
tou hoje à tarde. E tudo porque eu mostrei meu boletim para ela. Tá, tudo bem, ter repetido o ano foi pesado. Mas também... O que ela queria? Quem estava num projeto perder 30 quilos não tinha tempo para estudar. Não tinha. Não foi culpa minha. Quer dizer, foi minha culpa. Não foi legal ter repetido o ano e ter deixado os estudos de lado. Mas, cara, nunca na vida eu tinha dado trabalho com escola, essa foi a primeira vez. E eu tinha um motivo justo, estava focado em emagrecer, fiquei meio obstinado, deixei todo o resto de lado e só pensei nisso. Será que eu estava tão errado assim? Será que se um adulto focasse em emagrecer não ficaria disperso no seu trabalho e só pensando em fazer exercícios?

As perguntas de novo tomando conta de mim...

Mas não deu para refletir muito não, porque tive que ficar horas falando, explicando tudo isso, amolecendo o coração da minha mãe. Ela ligou para o meu pai, e eles ficaram um tempão no telefone falando e eu tendo que esperar. Esperei pacientemente. Não tinha outra opção. Até porque eu ainda tinha outra novidade, mas diante do estresse todo eu estava achando melhor esperar uns dias, até ela se esquecer do meu boletim. Mas aí ela terminou a conversa com meu pai e foi logo falando:

– Ok, Igor, você perdeu o ano e agora não há mais o que fazer. Você já trouxe o pacote fechado e me pediu para entender a sua situação, afinal nunca nos deu trabalho com escola, nunca tirou notas baixas e tal. Então, eu e seu pai conversamos bastante e resolvemos pegar leve, como você gosta tanto de falar. Você não vai passar as férias inteiras de castigo, mas vai ficar uns dias em casa para refletir sobre tudo isso.

– Como assim, mãe, sem sair? Eu não posso ficar sem sair.

– Isso, Igor, sem sair. Qual a parte que você não entendeu? Vai ficar em casa para você refletir sobre seu comportamento. Vai passar este fim de semana e toda a semana que vem em casa até o outro domingo. Só poderá sair para ir à academia e voltar. E com hora marcada.

– Você só pode estar maluca, né, mãe? Logo agora que está tudo dando certo para mim, você quer me trancar em casa só porque eu repeti o ano...

– Só?! Como você tem coragem de falar assim: só porque eu repeti o ano. Você tem noção do que é repetir o ano e de quanto custa a sua escola? É muita cara de pau falar assim. Até entendo que quem fez um projeto perder 30 quilos não tinha muito tempo para estudar, que usou seu tempo praticando exercícios para emagrecer. Por isso mesmo estamos pegando leve com você, porque você passou por uma metamorfose imensa. Mas isso não te dava o direito de jogar um ano escolar inteirinho no lixo. Podia ter tentado conciliar tudo, mas ok, não foi possível. Já entendemos. Agora não adianta chorar o leite derramado, mas será preciso ficar um pouco quieto, em casa, para refletir sobre tantas mudanças em tão pouco tempo.

– Mãe, pelo amor de Deus, você não pode fazer isso comigo. Eu não tenho como ficar em casa, mãe, eu estou namorando, mãe, esqueceu? Você não pode fazer isso comigo.

– Não só posso, como farei, Igor. Se dê por satisfeito de poder ir à academia.

– Então tá, você vai insistir nessa maluquice, vai fundo, parece que nunca foi adolescente na vida.

– Já fui, Igor, por isso estou entendendo as coisas dessa forma.

– Se eu não eu vou poder sair de casa, eu vou me mudar para casa da Monique e ficar morando por lá até ela viajar.

– O quê?!

Pausa nesse diálogo porque foi cansativo. Canso só de me lembrar. Minha mãe surtou parte 2 nessa hora. Disse que isso era um absurdo, que ela não ia ficar alimentando essa maluquice. Que namorar e morar com alguém não era como brincar de casinha. Foi quando eu disse que eu tinha a minha mesada e iria me sustentar com aquela grana, que ela não precisaria me dar mais nada. Aí ela acabou comigo de vez. Pior, sem gritar.

– Igor, meu filho, eu te dou mesada porque você ainda está na escola, não trabalha e mora comigo. A partir do momento que você optar por morar com a sua namorada, você está fazendo uma escolha. Quer ir? Vai, mas vai mesmo. Se bancando em tudo. Será preciso arrumar um trabalho para se sustentar, e depois ver como vai fazer com escola e tudo o mais.

– Mas, mãe... você não pode colaborar?

– Igor! Chega! Você está de castigo até o final do outro fim de semana. E não se fala mais nesse assunto.

Minha mãe falou isso e simplesmente me deixou sozinho na sala. Entrei aqui no quarto batendo porta e gritando. Eu até pensei que eu podia sair de casa e ir para a casa da Monique e pagar para ver. Podia! Mas vai que eu vou ficar lá com a Monique, na casa dela, e quando eu voltar minha mãe não me deixa mais ficar aqui só para me ensinar alguma coisa. É... Ela adora essas coisas de deixar a gente bater cabeça e depois ficar falando e educando. De vez em quando, resolve ser durona. E ainda diz que quando ela briga, quando coloca de castigo, essas coisas, que tudo isso é para o nosso bem, porque a vida lá fora é bem mais dura, não é como colo de mãe.

Olhei para o meu tabuleiro. Estava em pé em cima dele e me vi mais uma vez no jogo Eu e eu mesmo. Minha ideia de que a nova fase viria sem desafio foi por água abaixo rápido demais. Pelo visto, todas as fases têm desafio. Não gostei nem um pouco de sacar isso!

E agora aqui estou eu novamente, jogando comigo mesmo, e tendo que achar uma solução para ganhar este jogo. Engraçado, será que vai ser assim para o resto da vida? Não sei se quero pensar sobre isso. Tenho medo da resposta. Outra coisa que é engraçada é pensar que eu parei de ler, faz um tempão que eu sequer abro um livro, mas os livros não saíram de mim. Volta e meia ficam martelando minhas ideias. Como agora, me lembrei do *Demian* e de uma passagem do livro que dizia "ser é ousar ser". Cara, eu ousei, eu ousei ser um outro eu, um eu mais bonito fisicamente. Achei que tudo ia ficar mais fácil, mais simples. Que nada. Encontrei novos desafios. Novos obstáculos. Novas conquistas. Novas barreiras. Tudo novo, de novo!

Espera! Não basta ficar bonito fisicamente. Você muda o visual, mas as questões da vida mudam junto. Será que em tudo na vida a gente ganha e perde ao mesmo tempo? Ganhei um visual novo, mas acabei perdendo o ano na escola. Acabei ganhando um castigo e perdendo o direito de sair esta semana. Não quero nem pensar mais nisso, uma semana vai parecer uma eternidade.

Liguei para a Monique para desabafar sobre essa história toda, mas antes que eu conseguisse falar alguma coisa ela foi logo pedindo para ir logo para lá, porque a mãe tinha mudado de ideia e mandado passagem para ela ir antes para Paris, para elas fazerem uma viagem pelo sul da França, tipo presente de Natal. Falei que não dava, que não tinha como, expliquei a situação toda. Em vez dela ficar triste, né, sei lá, algum sentimento solidário, afinal a gente estava namorando, sabe o que ela me disse? Que se eu vou ter que ficar em casa até o final do outro fim de semana que era melhor a gente terminar logo esse namoro, porque quando eu sair do tal castigo (ela usou essa palavra: castigo!), logo em seguida ela vai viajar e por isso era melhor a gente se separar logo.

Hein!!!???

Não dá para entender as mulheres. A menina queria que eu fosse ficar na casa dela até o dia da viagem, tipo namoro morando junto e bastou eu ficar na porcaria do castigo que ela terminou comigo. E, pior, pelo celular! Não entendo mais nada.

Desisti de morar com a Monique.

PELO MENOS PUDE SAIR PARA MA-
lhar durante o castigo, senão ia explodir. Minha mãe tem horas que é sábia.

Mas sabe que ficar esses dias em casa não foi tão ruim assim. Fiz uma lista das vantagens do meu período de reclusão:

a) Descobri que não morri de amor e nem estava apaixonado pela Monique. Sobrevivi bem sem ela. Estranho isso! As meninas vivem falando que a primeira vez a gente nunca esquece, que é marcante, importante, e coisa e tal, mas eu sobrevivi melhor do que esperava.

b) Fiquei jogando Eu e eu mesmo me lembrando das aulas de cinema do Artur, do filme *O sétimo selo*, da clássica partida do Antonius Block contra a Morte, das aulas de filosofia do Marcos e cheguei a uma conclusão:

estamos sempre jogando contra a Morte, seja ela simbólica ou real.

c) Montei uma *playlist* nova que deixou minha mãe maluca. Mas essa é outra história.

d) Descobri uma série de exercícios que fazem a gente ficar com abdominal definido. Fazia quatro vezes ao dia, já vi algum resultado. Santa internet! Castigo com internet quase não é castigo.

A partir de amanhã vida nova. Igor, o gato, volta a atacar.

Minha irmã tem achado graça da minha nova fase. Não anda nem querendo trazer as amigas aqui em casa. Que figura! Ela acha o quê? Que quero ficar com as amigas dela? Eu hein! São todas mais novas. Mas ela me falou uma coisa que não gostei de sacar.

– Ô, Igor, garotas da minha idade não ficam com pirralhos. Ficam com meninos da sua idade, né?

– E desde quando você namora caras da minha idade, Dani?

Ela não respondeu e saiu dando aquele risinho que só as meninas sabem dar. Meninas...

Falei 'meninas...' e de repente me dei conta que eu estava colocando rótulos falando isso. Como se todas fossem iguais. Outro dia eu já tinha pensado nisso quando falei: 'mulheres...'. É. Acho que a gente faz isso sem nem se dar conta. Coloca rótulos, repete estereótipos. Será?

Cara, que difícil que é esse papo de viver. Será que existem pessoas que não pensam nessas coisas?

Meus pais vivem dizendo que eu e minha irmã temos os mesmos direitos. Que no dia que tivermos namorados e quisermos trazer aqui em casa serão os mesmos direitos para os dois. Que o mais importante é o respeito. Fico pensando nisso e acho legal. Só não acho legal ter que lavar a louça, mas isso não tem a ver com ser menino ou menina, porque nem minha irmã acha.

Acho que o professor Marcos dizia que eu tinha alma de filósofo porque eu me pergunto muito. Mas neste momento não quero ser filósofo, esse papo de Eu e eu mesmo está me cansando. O Marcos vivia dizendo que quando a gente começa uma jornada dessas não tem volta porque a gente tem sede de conhecimento. Pode até ser, mas o Marcos que me desculpe, porque a partir de agora vou renomear meu jogo: Eu e as meninas. Meu jogo de tabuleiro terá novas peças. Uma nova jornada.

Não sei por que, mas me deu uma baita vontade de reorganizar meu quarto. Acabei de trocar a estante e a cama de lugar. Guardei algumas coisas dentro do armário. Peguei uma caixa e coloquei lá dentro *Metamorfose*, *O sétimo selo* e *Demian*. Depois, fechei a caixa e escrevi na tampa:

Temporariamente fora do ar!

Enfiei a caixa embaixo da cama e fui jantar. Estava faminto.

E amanhã é o grande dia da minha volta triunfal para a vida. Só que agora oficialmente de férias e livre para sair muito.

ESTOU AQUI NA ACADEMIA MA-
lhando e pensando. Meus pais andam preocupados comigo. Por que os pais se preocupam tanto com os filhos?

Pensa só: quando eu era gordo a preocupação era porque eu estava gordo e tinha que me preocupar com a minha saúde e que blá, blá, blá, blá. Quando emagreci era porque estava magro demais e malhando excessivamente. Quando eu não ia para as festas era porque eu ficava muito em casa. Agora que saio é porque saio demais. Decididamente, não entendo isso.

Cara, que troço pesado. Vai, Igor, força, força! Agora você precisa ganhar massa muscular. Vamos lá que o projeto ficar forte não é tão simples assim.

Mas é claro que minha mãe vive me dizendo que quando eu for pai vou entender esse papo, mas até lá falta muito tempo. Tenho tanta coisa para entender antes de ser pai. Antes preciso entender de ser filho.

Ufa! Acabei a série da musculação. Vou fazer uma social por aqui e depois descer para o *spinning*. Vou sair suando e fedendo. Mas aqui, qualquer um fede depois de uma aula de *spinning*. Se acabar uma aula do Flavinho sem suar é porque não fez nada direito. O cara arrebenta nas aulas, é o melhor professor disparado. Mas ontem ele me proibiu de fazer duas aulas seguidas, quer dizer, não é que ele me proibiu, só me deu um toque dizendo que eu já tinha emagrecido demais, que era exagero continuar nesse ritmo, que eu não precisava tantas aulas de aeróbica, porque eu não precisava mais emagrecer, apenas manter o peso e ganhar massa muscular. Todos os dias ele tem me dado altas dicas sobre o que devo ou não fazer nesta fase. Foi importante, porque ele falou que tem uns moleques aqui na academia fazendo muita besteira, tomando uns troços que não fazem bem. Estou fora dessa. Quero fazer tudo de forma saudável.

Mas ontem ele veio com o papo muito esquisito. De que não é preciso emagrecer para namorar. Que tem muito gordinho namorando, muito gordinho de bem com a vida, bem resolvido, e que o maior preconceito mora é dentro da gente, muito mais do que nos outros.

Escutei! Mas não achei graça nenhuma nesse papo. De novo parecia papo de mãe e não de professor jovem.

Mas agora solta o som, Flavinho! Vamos pedalar!

O ritmo agora é rápido e fico aqui contando mentalmente: 1, 2, 3, 4, 1, 2, 3, 4. Mas fico aqui contando rapidinho e pedalando mais rápido ainda porque a música é de velocidade. Depois, quando ele troca de música para simular que estamos subindo uma ladeira daquelas bem íngremes, a contagem interna muda para: e 1, e 2, e 3 e 4 e 1, e 2, e 3 e 4. Devagar, bem devagar.

Força, Igor, força. Foca na massa muscular!

Tem uma menina gata sentada perto da porta. Ela já me deu várias olhadas. Tenho certeza. No final da aula vou lá falar com ela, porque não tenho tempo para perder. Vou perguntar se ela está de férias, se vai à praia amanhã, se podemos marcar de encontrar.

Vai lá, garoto, que a menina tá te olhando! Acaba logo a aula, Flavinho!

Ah, não! Não acredito! O celular dela tocou. Ela está saindo antes da aula terminar. Que grande furada. Será que ela tem namorado?

Quando acabar a aula vou perguntar ao Flavinho se ele sabe quem é essa menina e se ela tem namorado.

E vamos nessa que hoje é dia de sair.

FÉRIAS É UM PERÍODO DA VIDA QUE

devia durar para sempre.

Na virada do ano foi muito legal ter ido com a galera da escola a uma festa numa casa lá na praia. Festão. Aquelas amigas do Hugo eram muito gatas. Acabamos chegando em casa de manhã. Mas neste dia minha mãe não ficou estressada. Também, nem tinha motivo, era ano novo e eu estava com todos os meus amigos que moram aqui pertinho.

Mal tive tempo de pensar durante as férias. Acho que dei férias para o meu pensamento. Ele ficou lá só malhando e correndo.

Mas estas férias foram especiais, diferentes de todas as outras. Fui muito à praia, coisa que não ia antes porque tinha muita vergonha do meu corpo. Saí quase todos os dias para fazer alguma coisa. Se não tivesse nada legal para fazer na rua, a gente ia para casa de alguém da turma.

Gosto de pensar num resumo das férias:

Praia, meninas, amigos, malhação, meninas, pôr do sol no fim de tarde, corridinha básica, casa, banho, comer, sair, casa de amigos, festas, baladas.

Agora, as aulas já começaram já faz um tempo e a vida continua se dividindo entre malhar, correr, meninas e escola. A escola ainda anda em último lugar na minha vida. Minha mãe que não me ouça, aliás, falando em mãe, ela anda meio doida comigo, disse que agora eu conheço muita gente, que ela nem sabe mais quem é quem e que isso é horrível. Ela até falou um troço engraçado, que agora eu pareço um sabonete escorrendo por entre seus dedos. Mãe tem cada ideia... Outro dia começou com a falação:

– Mas que festa é essa, meu filho?

– Festa da Maíra, mãe.

– E você vai com quem, meu filho? O local dessa festa é muito longe...

– Vou com o Vinícius, mãe, fica tranquila.

– Mas quem é Vinícius, meu filho?

– Um amigo meu.

– Mas amigo da onde? Nunca ouvi falar desse amigo.

– Amigo, mãe, da vida.

– Mas de qual vida, meu filho? Da vida da escola? Do curso de inglês? Da academia?

– Amigo da vida é amigo de amigo que vira amigo, entendeu mãe?

— Não, meu filho. Já não sei mais quem são seus amigos...

— Não sabe, mas eu sei. Isso basta, não? Os amigos são meus. Eu é que preciso conhecer.

Como é difícil mãe entender que a gente cresce e vai conhecendo mais gente pela vida. Precisa entender que os filhos não são mais criancinhas, que começam a andar sozinhos, fazem novos amigos. Que mania que minha mãe tem de querer conhecer todos os meus amigos. Não sei que tanta pergunta ela tem para fazer para todos eles. Agora anda implicando com o Tom. Fica falando que ele é muito esquisito, escorregadio. Que é para eu ficar de olhos abertos, porque "esse menino" não é meu amigo, e que isso e que aquilo. Cara, ela mal conhece o moleque e já está implicando com ele.

Ainda pouco ela bateu aqui na porta do meu quarto e me mandou abaixar o som. Só porque eu estava ouvindo um som nas alturas ela deu um ataque.

— Abaixa essa música, Igor! Vai incomodar os vizinhos.

— Danem-se os vizinhos! Sempre algum escuta música no volume máximo, por que eu não posso escutar?

— Porque está tarde, Igor. Aliás, queria saber por onde anda o meu filho? O Igor que eu conhecia?

— Mãe, as pessoas mudam! Eu mudei, sacou? – eu gritei de dentro do quarto

— Cuidado para você não se perder de você mesmo, Igor.

Fiquei meio intrigado porque ela falou isso com uma voz super estranha e depois parou de falar. Parecia que estava chorando. Mas não abri a porta para ter certeza. Tinha muita coisa para resolver pela internet.

Mas pensando bem, devia ser mais simples namorar na época dos meus pais. Quando eles eram adolescentes não tinha celular nem internet. Tudo era mais lento. Namorar em época de rede social é meio tenso. As pessoas ficam controlando tudo. Por isso, estou temporariamente fora do ar, não tenho postado nada. Meu argumento para ninguém ficar postando fotos minhas é que detesto fotos. Assim, garanto alguma privacidade. Alguma...

Por exemplo, como ficar com duas meninas ao mesmo tempo sem uma saber da outra em tempos de redes sociais? Tá, ok, eu sei que é errado uma não saber da outra. Tenho consciência. Cresci ouvindo falar de respeito e ética. Meu pai e minha mãe são super ligados nessas paradas de fazer as coisas certas, de respeitar o próximo como a si mesmo e coisa e tal. Minha mãe não pode nem sonhar que estou ficando com duas meninas, porque se souber, garanto que vai ter outro ataque. Eu não tinha a intenção de ficar com as duas ao mesmo tempo, mas as coisas foram acontecendo e quando me dei conta era tarde demais. Não consegui escolher apenas uma. Sei que mais cedo ou mais tarde preciso falar com elas. Quem sabe elas topam um namoro aberto? Mas vou precisar saber se eu dou conta de um namoro aberto, porque vai ter que ser como aqui em casa, direitos iguais para todos.

Acontece que agora não tenho muito tempo para pensar no futuro, preciso pensar que depois de amanhã vai ser complicado. Vou ter que arrumar uma bela desculpa para ir sozinho na festa da mãe do Hugo. Não tenho como faltar a festa da tia Sônia por nada. Ela me conhece desde pequeno. Até minha mãe e minha irmã vão à festa. E não posso levar uma das namoradas, porque lá não vou ter como fugir de fotos e aí já viu, né? Se levar uma, a outra vai descobrir e aí já era. E não vai dar tempo de falar sobre essa parada de namoro aberto, até porque preciso pensar sobre isso.

Hum... acho que estou tendo uma boa ideia para o meu futuro imediato. Vamos ver se vai dar certo.

NÃO, NÃO DEU CERTO.

Estou aqui, me arrumando para festa da tia Sônia, porque para ir à festa não fiquei de castigo, e me lembrando de tudo que aconteceu hoje e estou até agora me perguntando como é que eu pude me esquecer de coisas fundamentais. Por onde andava meu pensamento nessa hora?

Ainda não estou conseguindo acreditar que fui me esquecer que justo hoje minha mãe tinha reunião com a coordenadora pedagógica lá na escola e eu resolvi matar aula. Quando mandaram me chamar para a reunião descobriram que eu tinha faltado. Depois minha mãe me contou que na hora ela perdeu o chão, ficou desesperada, preocupadíssima comigo, dizendo que eu tinha saído de casa cedo e vindo para a escola, como era possível eu não estar lá. Fiquei bem mal quando ouvi ela falar isso.

Quando recebi uma mensagem da minha mãe no celular perguntando onde eu estava, porque ela estava na escola me aguardando para a reunião, fiquei sem palavras. Só respondi: depois explico, mãe! Volta para casa que a gente conversa.

Cheguei aqui em casa e encontrei minha mãe com a maior cara fechada, daquelas que esperam uma BOA explicação. O fato é que eu não tinha uma boa desculpa e não sei mentir. Minha cara me entrega quando eu minto e minha mãe já me conhece. Não tive outra saída a não ser contar a verdade.

– Mãe, desculpa, eu matei aula porque eu fui encontrar uma namorada.

– Mas não podia namorar depois da aula, Igor?

Antes que eu conseguisse responder, tocou o telefone fixo. Levei um susto. Pouca gente liga no fixo hoje em dia. Pior é que eu só conseguia ouvir a minha mãe falando, mas pelo que ela dizia, senti que a coisa ia pegar para o meu lado de novo.

– ...

– Ãh? Como assim não foi?

– ...

– Ah, entendi! Ele não foi à aula do curso de inglês ontem e faltou na terça-feira da semana passada também.

– ...

– Sim, sei, claro!

– ...

– Entendi. Pode deixar que vou resolver isso direitinho aqui em casa. Não se preocupe que ele não irá mais faltar.

– ...

– Claro! Sabemos que bolsista só pode ter duas faltas.

– ...

– Muito obrigada por me avisar, dona Margô. E caso ele venha a faltar de novo, por favor, me ligue imediatamente.

Fiquei mal quando ouvi minha mãe falar essas coisas. Cara, me dei conta que de novo eu estava sendo estúpido. Não me lembrava de que bolsista do curso de inglês só podia ter duas faltas sem justificativa. Mas na hora que eu ouvi minha mãe falando essas coisas eu só pensei: isso não é justo, toda vez que faço algo de errado minha mãe descobre sem nem precisar se mexer.

Acontece que estou aqui pensando que desta vez ela arrasou comigo, porque assim que desligou o telefone, sem dar ataque, sem levantar a voz, ela apenas me olhou e disse:

– Eu confiava em você, Igor, agora não sei mais no que acreditar. É a segunda mentira no mesmo dia.

– Não sei o que dizer, mãe.

– Que tal a verdade? Porque não sei se você já percebeu que toda vez que você apronta alguma coisa a verdade me liga, não preciso nem me mexer. Lembra quando você estava no sétimo ano? A verdade também me ligou.

– Tá bem, mãe, não precisa me lembrar daquela história, eu falo. A verdade é que eu estou namorando duas meninas e como não ia dar para escolher só uma para ir na festa da tia Sônia hoje à noite, resolvi sair com uma ontem e com a outra hoje.

— O quê?! Duas namoradas ao mesmo tempo, Igor?!

— Ai, mãe, não fala nada, não. Já sei que vai me dizer que isso é errado e que...

— Igor, nem termine essa frase, meu filho. Não estou dando mais conta da sua fase "pegador". Não é assim que vocês falam?

— MÃE!!!

— Por que o espanto? Mas olhe, se essas meninas topam te dividir isso é problema seu e delas, mas você NÃO PODE FALTAR NA AULA PARA ISSO, ENTENDEU, IGOR?

— MÃE!!! Que é isso?! Você está me liberando para ter várias namoradas sem achar isso errado?

— Ai, Igor, CHEGA! Pare de falar bobagens. Você não entendeu nada. Estou muito aborrecida com você. E é claro que não compactuo com isso. Amanhã, depois da festa da Sônia iremos conversar. Não vou estragar minha noite por conta da sua estupidez. E como você vai passar o fim de semana em casa mesmo, teremos tempo de sobra para conversar.

Eu não tinha argumentos para me salvar. Achei melhor calar a boca e nem tentar explicar que elas não sabiam uma da outra. Senão o sermão ia começar de novo. De serenidade absoluta minha mãe mudou para estresse total.

Mães... Mulheres...

Decididamente não entendo as mulheres e acho que nunca vou entender. Aposto que na festa, minha mãe vai sorrir, falar super bem comigo, como se nada tivesse acontecido, e amanhã a bronca vai voltar toda de novo.

Bem, melhor eu parar de imaginar o que vai acontecer amanhã e tratar de me arrumar hoje.

DOMINGO À NOITE. REFLEXÕES SO- bre a festa e o fim de semana. Tudo novo de novo. Mais uma vez jogado aqui no chão do meu quarto, deitado em cima deste jogo de tabuleiro e pensando que queria mudar isso, mas aposto que minha mãe não vai querer gastar grana agora. Melhor eu começar a pensar em arrumar dinheiro para pagar isso sozinho, mas como? Minha mesada é mais para as coisas básicas, não é grana para pagar uma reforma no chão do quarto.

Deitado aqui, olhando para o teto, só consigo pensar que a função das mães é perturbar nosso juízo. Elas adoram colocar uns pensamentos na nossa cabeça que não existiam antes. A minha está se tornando especialista no assunto.

Claro que na festa ela me tratou como se nada tivesse acontecido. A festa até que foi legal. A tia Sônia é ótima em organizar festas. Mas lá não quis nem pensar em meninas. Já me bastava a confusão do dia anterior.

Quando acordei no sábado minha mãe estava na sala me esperando. Até agora as palavras dela não me saem da cabeça. Ela disse que mudanças são legais, mas que eu fiz uma mudança muito radical. Fui de um extremo ao outro. Disse que já tinha se perguntado onde tinha errado, mas que está aprendendo que nem tudo que os filhos fazem de errado é culpa das mães. Que tinha consciência que tinha me dado uma educação de valores. Que coisa mais chata isso. Desde quando querer ficar bonito e curtir isso tudo não é legal? Ainda mandou:

— Não posso fazer nada se você acha que não pode mais ler ou pensar só porque ficou bonito. Inteligência e beleza podem conviver bem, meu filho. Mas isso é coisa de adolescente, achar que gordinhos não namoram, que precisa ficar dentro dos padrões impostos socialmente só para ter uma namorada. Um dia isso cai por água abaixo e você vai entender que a vida não é feita apenas de aparências.

— Mas, mãe, não é isso. Não deixei de ler ou pensar, aliás, penso o tempo todo... Só não está dando tempo de ler nesse momento, isso não é prioridade, entende? E não era você que vivia dizendo para eu me cuidar, para emagrecer?

— Por conta de saúde, meu filho, não de estética. Mas, cuidado. Cuidado para não se perder de você mesmo.

Cara, esse "cuidado para não se perder de você mesmo" caiu tão mal. Era a segunda vez que minha mãe falava isso. Como eu poderia me perder de mim mesmo se eu mal tinha acabado de me achar? Estava me sentindo tão bem nesse novo visual. Minha autoestima estava nas alturas. Me perder? Como me perder de mim mesmo?

Eu já estava mal com isso, e ela ainda emendou na história das faltas do curso de inglês, de ter matado aula na escola e estar namorando duas meninas ao mesmo tempo. Falou, mas falou, que até cansei de ouvir.

Para piorar tirou aquela história do fundo do baú, de quando eu estava no sétimo ano e matei aula e ela descobriu, sem nem sair de casa. A vizinha ligou para ela e contou que tinha me visto zanzando pela rua no horário da aula. Sempre a verdade ligando para minha mãe. Que coisa! E sempre ela me fazendo pensar no que não queria.

– Lembra do que eu disse naquela época, Igor? Você me perguntou se eu nunca tinha matado aula e eu disse que sim. Você me questionou por que teria que ficar de castigo se eu já tinha feito isso.

– Lembro.

– Então, você deve se lembrar que eu também disse que naquela época eu era filha e que agora sou mãe. E que mães educam, são amigas, mas não são amiguinhas. Não são cúmplices das besteiras dos filhos. Mas não conte comigo para compactuar com suas besteiras, Igor.

Cara, como eu poderia não lembrar se volta e meia ela joga essa história na minha cara?

E sabe? Tem horas que ser filho de pais separados tem suas vantagens. Ainda bem que minha mãe não conta tudo para o meu pai. Imagine sermão em dose dupla todos os dias? Não ia aguentar.

Agora estou aqui, em pleno domingão à noite, no maior tédio, deitado nesse tabuleiro tentando digerir tudo isso. Metamorfose, meninas, mãe. Descobri que palavras que começam com a letra M me assustam...

PARECE ATÉ QUE O UNIVERSO ANDA

conspirando contra mim. Os últimos meses não têm sido fáceis. Aquela minha reflexão de que todas as fases vêm com dificuldades é para lá de verdadeira. Pior, ando descobrindo que em cada fase a dificuldade aumenta. Como dar conta de tudo isso?

Achei que ter virado Igor, o gostosão, seria simples e eu poderia ficar com todas as meninas que quisesse. Acontece que hoje tomei uma rasteira feia. Bem feia. Cheguei até a me lembrar do Antonius Block, da Morte, de tudo.

Tudo por causa daquela gata da academia, que um dia ficou me olhando e começou a ir no mesmo horário que eu nas aulas de *spinning*. Naquele dia, o Flavinho apenas me disse que o nome dela era Luísa e que ele não tinha certeza se ela tinha namorado.

Luísa sempre sentava perto da porta e sempre saía antes da última música acabar e o Flavinho passar aqueles alongamentos chatos. Isso me intrigava. Ela era um mistério. Era, assim mesmo, no passado, porque hoje desvendei o tal mistério. Parecia até que o Flavinho estava prevendo o que estava por vir.

Semana passada eu fiquei batendo um papo com ele sobre alimentação, corpo, sobre as meninas que eu andava ficando, falei da confusão das duas namoradas e que depois eu tinha achado melhor dar um tempo nessa história. Que não tinha sido legal enganar as meninas. Aí ele veio com papo chato de mãe, que nem tudo na vida são aparências. Que é importante a gente ter saúde, mas que não precisa ser magro ou bonito para ter namoradas bonitas. Que esse papo de gordo tem a ver com nossa autoestima. Que ele conhecia pessoas que eram gordas e não tinham problemas com isso, que eram super bem resolvidas. Que o preconceito morava muito mais na gente do que no outro. Naquela hora, eu disse eu estava gostando muito mais de mim agora do que antes.

– Igor, você é um exemplo, rapaz, perdeu muitos quilos e está conseguindo se manter neste peso. Isso é muito bom, mas nunca perca de vista que a vida não é apenas aparência, também é essência. Eu sei bem disso.

Fiquei meio irritado com esse papo, achando que minha mãe poderia ter pedido para o Flavinho falar sobre esses assuntos comigo, mas depois deixei para lá.

Acontece que hoje eu resolvi seguir a Luísa. Fiquei esperando ela sair e fui atrás. Flavinho fez uma cara. Não entendi. Mas fui atrás dela. Ela entrou no banheiro. Fiquei esperando. Quando ela saiu fui logo jogando uma conversa mole para cima da menina. Ela riu. Achei que ela tinha gostado e continuei. Ela riu de novo. Me empolguei e fui logo chamando a menina para sair. Fui contando vantagens, me exibindo mesmo. Me achando. OK, eu poderia ter dormindo sem ESSA, mas eu não vou dormir sem ESSA. Aliás, vou ter insônia por conta disso.

ESSA = o fora que ela me deu.

– Se enxerga, menino! Você acha que só porque é gato consegue todas as mulheres que quer. Eu hein! A vida não é só beleza, não. Eu prefiro caras inteligentes a caras que são só um rostinho bonito e um corpo perfeito. Você nunca deve ter aberto um livro na sua vida, por isso não pensa nas besteiras que fala.

Não bastasse eu ficar sem reação. Não bastasse ela achar que eu nunca abri um livro na vida, logo eu, que sempre gostei de ler. Não bastasse aquele "tapa na cara" com as palavras, me aparece o namorado da Luísa. Aí, sim, eu fiquei passado e o "tapa na cara" doeu ainda mais. Era o Carlinhos, um moleque gordo como eu era, que estudava lá na escola e era duas turmas acima da minha. Ele tinha sido da minha turma de projeto de cinema e vídeo. Hoje ele já deve estar na faculdade. Para piorar a situação o Carlinhos chegou falando:

– Fala, Igor! Você conhece minha namorada? Que legal! Vamos marcar uma sessão de vídeo daquelas que fazíamos quando eu ainda estava na escola? Nunca me esqueço daquele curta que você fez, moleque, você mandava super bem. Vamos marcar, vou pedir para a Luísa combinar com você, cara! Bom te ver! E parabéns, você emagreceu mesmo. Só não vale dar em cima da minha namorada.

    Eu fiquei completamente sem reação. E a Luisa também. Deu para ver pela cara que ela fez, uma cara de quem ficou surpresa com aquela informação. Falei umas poucas coisas respondendo ao que ele me perguntou. Eu não esperava por nada daquilo. Só me lembrei do Flavinho. Será que ele sabia disso e não me contou?

    Depois, o Carlinhos deu a mão para a Luisa e os dois foram embora. Ele parecia tão feliz. Acho que ela estava tão chocada quanto eu, porque quando eles já estavam quase saindo, ela ainda virou para trás e me olhou, espantada.

    Às vezes não sabemos nada um da vida do outro.

    Hoje, mais um rótulo meu foi arrancado. Desta vez sem dó nem piedade. Ser gordinho não é sinônimo de não poder ter uma namorada gata. Será que se eu tivesse investido numa menina quando estava gordo teria arrumado uma namorada? Nunca tentei. Vou ter que ficar com esta dúvida...

    Mais uma vez estou aqui tentando entender esse vazio que tomou conta de mim desde o fim de semana. Nunca mais achei que fosse sentir esse vazio em mim. Isso é estranho.

– IGOR! IGOR, MEU FILHO, ACORDE!

Daqui a pouco seu pai vai chegar e você tem muita coisa para limpar antes de sair.

– Me deixa dormir, mãe... (falei isso e aí olhei para o lado e... GRITEI) Eca, mãe, que nojo! O que é isso?

– Isso?! Isso era você quando chegou nesta madrugada. Você não se lembra de nada?

– Não...

Foi assim que começou meu dia hoje. Acordei todo sujo e num mar de vômito. Um misto de arroz, estrogonofe, champignon, batata palha e uma gosma nojenta. Minha cabeça pesava horrores e eu nem podia pedir para minha mãe parar de falar.

– Claro que você não poderia se lembrar, chegou mais bêbado que não sei o quê! Será que agora vai entender o que tanto falamos sobre bebidas, Igor?

– Mãe, por favor... fala mais baixo...

– Igor, já falei mil vezes sobre os perigos de abusar com bebidas, mas antes de qualquer explicação você vai pegar esse lençol, esse travesseiro, esse colchão e lavar tudo antes de seu pai chegar.

– Calma, mãe, minha cabeça está estourando...

– Estou calma, meu filho, mas vamos lá, agora levante e comece a arrumar tudo que já já seu pai estará aqui.

– Não posso colocar tudo na máquina de lavar, mãe? Não aguento lavar nada!

– Você está maluco?! Você acha mesmo que eu vou permitir que você coloque esses lençóis nojentos na máquina de lavar? Vamos até a área que vou te apresentar ao tanque de lavar roupas.

E ela me levou até a área e ainda fez gracinha:

– Tanque, este aqui é o Igor, prazer!

– Igor, este aqui é o tanque, prazer!

Só sei de uma coisa. Nunca mais na minha vida vou beber nada. Minha mãe disse que isso é papo de quem está de ressaca, mas não é, não. É sério!

Estou aqui tendo que limpar essa sujeira toda e minha cabeça não para de doer, parece que vai explodir. Ainda por cima está passando um filminho aqui dentro, um filme que começou na sexta à tarde, quando eu estava querendo esquecer de vez aquele papo de Luísa e Carlinhos, de bronca de mãe, de "cuidado para não se perder de você mesmo". Querendo sumir.

Tinha até mudado o horário do *spinnnig* para não cruzar com a Luísa. Também andava correndo feito um maluco esta semana. Malhado muito mais do que o normal. E tudo porque eu não queria ficar quieto. Se até malhando eu penso, imagine sem malhar. Por isso eu não queria nem imaginar. Achava que nada poderia ficar pior, mas aprendi que podia quando resolvi fazer uma aula de *spinning* em pleno sábado à tarde. Para minha desgraça, a Luísa teve a mesma ideia que eu. Eu tentando fugir da menina e ela me aparece bem no meio do meu sábado. Que coisa!

Na hora, pensei: pelo menos eu cheguei atrasado. Mas nem sei se foi bom, porque a professora que estava dando aula me conhece, gosta de mim e com a melhor das boas intenções começou a falar que eu era um exemplo, que eu tinha perdido 30 quilos, que tinha mudando os meus hábitos. Me fez virar o foco das atenções. Todo mundo comentou.

Eu detesto que fiquem falando de mim, lembrando de que eu era um gordinho fofo. Mas quando percebi a Luísa me olhando, quis evaporar, mas não deu. Passei quase que todo o tempo sem levantar a cabeça direito. Acabei pedindo licença e saí antes do fim da aula. Não queria ter que olhar para a Luísa e muito menos para o Carlinhos.

Saí da academia mal com essas paradas todas. Quando o Hugo me ligou falando de uma festa, eu topei na hora sem nem querer saber de quem era. Precisava espairecer, ficar com alguém, esquecer da vida. Saí de casa avisando que iria a uma festa com o Hugo e o Matheus, disse que ia acabar tarde, que ninguém precisava se preocupar se eu não chegasse antes das seis, e como era longe o melhor era mesmo sair de lá com o dia amanhecendo. Nem me liguei na falação da minha mãe.

Cara, eu já tinha bebido algumas vezes, mas nada demais, umas cervejas. Mas nunca na vida tinha tomado um porre. Meus pais já haviam feito a clássica falação sobre bebida também, mas como nunca tinha passado mal, nem me ligava muito no que eles falavam.

Acontece que lá pelas duas horas da manhã eu estava passando tão mal, já começando a fazer bobagem e falar besteiras que o Matheus e o Hugo resolveram pegar um táxi e me deixar na porta do prédio. Acabei de falar com o Hugo e ele me contou isso.

Tenho uma vaga lembrança de estar na porta de casa tentando colocar a chave na fechadura e mais nada.

Acordei assim, com minha mãe me chamando e eu tendo que limpar tudo enquanto ela me contava o que aconteceu.

Eu cheguei tão mal, que nem conseguia abrir a porta. Minha mãe estava na sala, ouviu um barulho e foi ver o que era. Ela me disse que na hora não sabia se ria ou se chorava: era eu tentando encaixar a chave na fechadura, mas sem sucesso algum.

Ela me colocou debaixo do chuveiro gelado, depois me ajudou a me vestir e me levou para a cama. Cara, minha mãe me viu pelado! Tá tudo bem, ela é minha mãe, me deu à vida, trocou muita fralda, mas daí a me ver pelado agora, depois de grande... Fiquei mal com isso. Mas enfim, se parasse aí, ainda vai, mas não parou. Ela contou que quando eu fui para o quarto comecei a vomitar em cima da cama. E, pior, ela deixou. Ficou ao meu lado até eu parar de vomitar que era para ver se eu não ia me engasgar. Só quando eu dormi profundamente ela saiu do quarto, mas deixou a porta aberta. Dormi em meio a tudo que havia jantado. Acordei fedendo a vômito. Um nojo. Acordei mal, com uma sensação péssima.

Eu perguntei para minha mãe por que ela tinha feito aquilo. Por que ela não tinha limpado a sujeira. Ela mandou na lata: "porque se eu limpasse, você não veria e não aprenderia nada. Simples assim". Essa maneira didática da minha mãe fazer a gente aprender as coisas tem horas que é de lascar.

Tive que lavar tudo caladinho, sem reclamar um ai. Não foi fácil, não. Para quem queria esquecer um problema, acabei arrumando outro. Decididamente mudar de fase é muito difícil. Acho que nos *games* é mais fácil do que na vida.

Vou sair para almoçar com meu pai com uma baita de uma dor de cabeça, não vou poder reclamar nada e ainda por cima hoje é dia de conhecer a nova namorada dele. Decididamente a vida não é justa. Acho que entendi como o Gregor Samsa de sentiu naquela manhã que virou um inseto repugnante. Estou me sentindo repugnante nesta manhã. Queria poder sumir do mundo, mas não posso. Meu pai acabou de mandar mensagem que está me esperando no carro.

Cheguei a uma conclusão: a pior coisa do mundo é ficar de ressaca!

ESCOLA, MENINAS, FESTAS, MENI- nas, praia, meninas, malhação, correr, *spinning*, meninas. Escola, meninas, festas, meninas, praia, meninas, malhação, correr, *spinning*, meninas.

Isso vem rolando faz tempo na minha vida, bastante tempo. Gosto! Gosto mesmo. Por isso não estou entendendo esse vazio que só aumenta dentro de mim, como se faltasse alguma coisa, mas não faço ideia do que possa ser. Nessas horas, saio para correr. Correndo eu consigo elaborar mais os pensamentos. Também não entendo isso.

Acontece, que desde que eliminei de vez o gordinho fofo, resolvi um problema: ficar com as meninas não é mais um problema para mim, mas tem horas que só isso não basta. Aí saio para correr, ou pedalar. Mas isso também não basta mais. Antes bastava. Não entendo o que está mudando. Pareço um saco sem fundo, que nunca para de mudar. Sempre com esses pensamentos em mim, com vontades que não entendo bem e que ficam brigando aqui por dentro. Esse papo de trocar de fase é realmente complicado.

Andei conversando com meu pai sobre esse assunto. Foi bom! Papo de pai para filho, coisas de homem. No final, meu pai disse que eu estava era precisando me ocupar com coisas sérias. Que eu estava para terminar o terceiro ano e minha vida iria mudar. Que era hora de pensar em trabalhar.

Achei aquilo um absurdo: desde quando meninas e vida saudável não são coisas sérias? Ele ficou lá cheio de explicações, maior chatice, estragou o papo que estava super legal. Que poder é esse que os pais têm de achar que sabem o que estamos precisando. Que mania! Meu pai me deixou em casa dizendo que ia achar algo para eu fazer. Desci do carro falando, pensando bem, falando, não, gritando: eu já faço muita coisa, pai!

Aí, estava aqui, me lembrando disso tudo, tentando digerir essas coisas e meu pai me ligou. Não teve jeito, ele arrumou um trabalho para mim. Ele tem uma amiga que é dona de uma distribuidora de livros e vai precisar de mais pessoas para trabalhar em um dos estandes da Bienal do Livro que começa daqui a uns dias. Ele ligou perguntando se eu topava. Topei. Bem, pelo menos de livro eu entendo alguma coisa. E ainda estou muito precisando daquela grana para trocar o piso do meu quarto que até hoje está daquele jeito que não quero mais.

Preciso separar os documentos para levar no escritório da mulher amanhã. Até me animei. Pelo que ele me disse, vou ganhar uma graninha legal. Começo semana que vem. Serão doze dias de trabalho. Finalmente vou poder arrumar o chão aqui do quarto. Fiquei animado. Quero eliminar de vez os resquícios da fase anterior.

Estou começando a achar que para mudar de fase mais uma vez é preciso vencer todos os osbstáculos que ainda ficaram esquecidos no caminho. Vai ver é isso.

Mas tem um pensamento que anda me perseguindo, sobre o futuro. Não sei quem foi que inventou que a gente tem que decidir o que quer fazer para o resto da vida quando a gente mal se conhece. Ainda tenho tantas perguntas na minha cabeça. Até pouco tempo que era apaixonado por cinema. Tinha certeza que seria cineasta, hoje isso não me pertence mais. Mas o que me pertence? Quem eu sou e o que eu quero?

Melhor mudar de fase correndo. Vamos lá, Igor, foca na mudança de fase porque essa está complicada.

Para quem achou que bastava emagrecer e ficar sarado e bonito, me dei mal. Não é tão simples assim. Tem tanta coisa que vem junto com essa mudança.

Volta e meia me pego olhando para minha mãe, meu pai, minha irmã, meus amigos, e fico imaginando tanta coisa. Será que eles ficam assim, pensando tanto quanto eu? Minha irmã é bem mais desencanada com a vida. Cheguei a comentar isso com meu pai, mas ele me explicou que minha irmã funciona de um jeito diferente do meu. Só isso. Mas sei lá, esse papo ainda me intriga.

Ontem, por exemplo, me dei conta que faz muito tempo, mas MUITO mesmo que eu não assisto a um filme. Ir ao cinema então, não faço ideia de quanto tempo não vejo aquelas telas que tanto me fascinavam. Isso também me intriga.

Foi só lembrar disso tudo que me deu saudades das aulas de cinema do Artur, mas não gosto de pensar nisso, pensar em cinema e nas aulas do Artur me leva de volta ao gordinho fofo inteligente. Tenho pavor de me imaginar assim novamente. Não gosto nem de pensar nessa possibilidade.

Bem, documentos organizados. Amanhã levo tudo lá. E semana que vem começa o tal trabalho. Trabalhar com livros... Como será que vai ser isso?

Daqui até o local do trabalho é muito longe. Vou precisar pegar dois ônibus para ir e dois para voltar, mas vou ganhar meu dinheiro, um dinheiro só meu.

Foca no trabalho, Igor, foca na grana e na mudança do quarto.

Foca no trabalho, Igor, foca na grana e na mudança do quarto.

Chega de pensar. Melhor tentar dormir.

GOSTEI DE IR ATÉ A DISTRIBUIDORA.

Fazia tempo eu não via tanto livro junto. Só quando cheguei é que entendi que a distribuidora representa várias editoras. A Mônica, que é a amiga do meu pai, até que é maneira. Ela me fez várias perguntas, tipo entrevista de trabalho mesmo. Depois, me explicou como seria o trabalho e disse que eu vou ser o vendedor mais jovem do estande, e por isso mesmo preciso conhecer minimamente os livros que serão vendidos, mas que ela me mostraria e me ajudaria com essa parte. Eu vou ficar no estande de uma editora que vende vários clássicos em edições *pocket*. Achei legal.

Quando ela começou a me mostrar os livros, me dei conta que já tinha lido vários. Fui falando dos que conhecia, dos que gostava mais, fui comentando. Mas não foi para me exibir, não foi mesmo, foi meio instintivo isso. Quando vi estava falando todo empolgado, como nos tempos das aulas de cinema e literatura. Vi que ela foi ficando impressionada com meu nível de leitura. Disse que nem precisaria me explicar quase nada, já que eu conhecia muita coisa. Nessa hora eu meio que dei uma relaxada, porque quando ela disse que eu seria o mais jovem, fiquei tenso e grilado de não conhecer os livros que iria vender. Fui logo pensando que teria que dividir o espaço com uma galera bem mais inteligente, fiquei com medo de passar vergonha. Ao mesmo tempo achei que isso seria muito legal, eu estaria de volta a um universo que sempre curti e meio que tinha deixado de lado. Será que ter deixado de lado as leituras que eu tanto gostava tem a ver com o tal vazio que volta e meia eu sinto? Sei lá.

Acontece que quando a gente estava lá no meio do papo ela mandou uma fala que não me sai da cabeça, e ainda por cima veio sentada ao meu lado no ônibus de lá até aqui:

– É tão bom existir jovens como você, que gostam de ler e praticar esportes ao mesmo tempo. Aliás, acho que a sua geração está provando que livros e esportes podem caminhar lado a lado, sem preconceitos. Quando eu era jovem, ou você era intelectual ou atleta, nunca as duas coisas ao mesmo tempo. Isso era horrível. Não perca isso de vista nunca, Igor. Bonito, inteligente e bom leitor... Essa mistura vai te levar longe.

Cara, essa fala da Mônica não me sai da cabeça, está martelando aqui dentro, sem parar. Bonito, inteligente e bom leitor, tudo junto e misturado. Acontece que eu não era mais um bom leitor. Eu não lia um livro fazia muito tempo. Mas ela deu uma bagunçada aqui dentro de mim. Porque quando eu estava indo embora, ela me chamou e veio com um livro nas mãos:

— Chegou ontem uma nova edição, leva para você. Vi que você está sem livros nas mãos. E o caminho até em casa será longo. Nada melhor do que um livro para ajudar a passar o tempo.

Agradeci, claro, que sou educado, mas fiquei impactado. A Mônica tinha me dado de presente uma versão integral de *A Odisseia*, de Homero. Olhei para o livro e fui lá longe, na minha infância. É que eu guardo até hoje a minha edição de capa dura, de quando tinha uns seis anos. Era uma edição toda ilustrada, com a história adaptada. Eu adorava aquele livro. Lembrei da minha mãe lendo para mim à noite, antes deu dormir, e depois eu lendo sozinho várias vezes quando já sabia ler, li tanto que as páginas quase se soltaram.

Fiquei rindo sozinho até entrar no ônibus. Acabei me lembrando de um dia que eu estava aprontando alguma bobagem e a minha mãe brigando comigo, reclamando que eu estava fazendo alguma coisa errada, e eu mandei na lata: "mãe, um menino de seis anos conhecedor de mitologia grega e leitor da *Odisseia* não é burro". Sem nem saber, minha fala desmontou minha mãe, que sorriu e acabou me abraçando, pedindo desculpas e dizendo que eu tinha razão.

Muito maluco isso, né? Das coisas voltarem assim dentro da gente. Não sei o que me deu, mas não resisti, comecei a ler o livro ali mesmo, em pé no ponto do ônibus, depois vim o caminho inteiro lendo e ainda continuei aqui em casa. Não fui nem correr nem malhar. Não vi o tempo passar e não consigo parar de ler: o fim da guerra de Tróia, Ulisses tentando voltar a Ítaca, enfrentando tantos desafios, ciclopes, monstros. Será que eu conseguiria resistir ao canto das sereias como ele conseguiu? Sei não... Não ando resistindo muito ultimamente. Ando mais é me entregando às sereias. Fico até me imaginando me soltando do mastro desesperado para me entregar ao canto das sereias... Ulisses que me perdoe, mas ainda não estou pronto para resistir a esse encanto.

Engraçado, que me bateu uma baita saudade do meu livro de capa dura. Revirei a casa toda atrás dele, achei na estante da sala. Está bem aqui comigo. Minha mãe guardou vários livros de quando eu era molequinho. Muito legal! Vou guardar os dois juntos aqui na estante do meu quarto.

Foca, Igor, foca na leitura para terminar esse livro que você não consegue parar de ler, porque amanhã você não pode mais perder tempo com isso. Amanhã você precisa correr e malhar. E em dose dupla, porque semana que vem começa o trabalho e você não terá tempo de fazer mais nada.

Ainda bem que meu pai convenceu a minha mãe de que trabalhar nestes dias seria mais importante do que só estudar. Este ano eu deveria escolher o que quero fazer na faculdade, mas não quero por nada fazer vestibular este ano. Não me sinto pronto. Acho que meu pai já sacou e por isso falou que "esse trabalho vai ser bom para o crescimento do Igor, você vai ver". Se vai ou não, não faço ideia, mas o foco mesmo é na grana e na reforma do meu quarto.

De vez em quando meus pais me surpreendem.

DOMINGÃO NO CHÃO. ACHO QUE VOU

criar um programa com este nome, porque agora todo domingo fico aqui deitado no chão, pensando, refletindo. Agora, falta pouco para trocar esse chão. Tirar essa tinta que usei para fazer o tabuleiro vai dar um trabalho danado. Já tentei algumas vezes e só piorei a situação.

Estou aqui pensando que nesse fim de semana rolou uma festa incrível, de aniversário de 18 anos da prima do Matheus. Festão daqueles de gente que tem muita grana. Maior fartura mesmo. Quando rola uma festa dessas, eu tento aproveitar ao máximo, porque nunca sei quando vai rolar outra igual.

Eu conheci uma menina na festa. Luana. Fiquei a fim de ficar com ela, mas ela me deu uma ignorada. Quer dizer, não sei se ela me ignorou, acho que ela só não quis ficar comigo, mas acabamos batendo altos papos. Passamos a festa quase que toda conversando. O visual da casa onde rolou a festa era incrível. Dava para ver a Baía de Guanabara, o Pão de Açúcar, os barcos ancorados.

Volta e meia o Matheus passava perto da gente e me olhava querendo entender o que era aquilo. Eu lá sabia o que era aquilo. Mas uma hora ele me chamou, levantei e fui lá falar com ele. Não acreditei, ele queria me apresentar a umas amigas muito gatas da prima dele. Foi logo falando:

– Matheus, se liga, eu já estou aqui com uma menina.

– Conversando, Igor... Só conversando... Tô te estranhando, cara.

– Qual o problema de só conversar?

– Hum... Sei não... Vê lá se não vai se amarrar.

– Sai fora, Matheus. Não perturba! Vai lá e me deixa aqui.

Que coisa, cara! A gente não pode nem conversar em paz que os amigos já marcam pressão. Detesto isso! Qual era o problema de só conversar?

Mas não consigo parar de pensar que a Luana é linda. Matheus não achou. Ainda bem. Não vai dar em cima dela e o caminho fica livre para mim. Claro que tive que me conter para não falar aquelas coisas bem piegas tipo: alguém já te falou que você tem a Lua no nome? Sabia que você é mais bonita do que a Lua? Ainda bem que não falei essas bobagens. Ela ia me achar ridículo se eu falasse isso. Tenho certeza.

Há tanto tempo eu não ficava só conversando com uma menina numa festa. Foi bom. Deu até vontade de repetir. De encontrar a Luana de novo, de conversar mais, de saber mais sobre ela. Vontade de mandar uma mensagem. Dei o número do meu celular e pedi para ela me mandar uma mensagem, assim vou saber se ela ficou a fim de me ver de novo. Mas até agora nada. O domingo está quase acabando e nada de Luana. Só eu aqui no Domingão no chão. Eu e meus pensamentos.

Ei, espera aí! Acabou de entrar uma mensagem. E é da Luana. Uau! Não estou acreditando que ela mandou mesmo uma mensagem!

Foca na mensagem, foca na conversa, Igor, foca na gata, chega de pensar.

☺ ☺ ☺ ☺

OS DIAS ANDAM APERTADOS. AQUI dentro do ônibus tem sido um dos melhores lugares para pensar, já que nestes dias nem malhando estou. Tenho dado uma corridinha e só. Chego tão cansado em casa. O trânsito nessa cidade é de deixar qualquer um maluco. Horas para ir trabalhar, horas para voltar. Que nem agora, tudo parado e ainda falta muito para chegar em casa. E aquele cara não me sai da cabeça. Disse que estava fazendo faculdade de Letras. Chegou pedindo um livro do Rimbaud. Pediu para a senhora que trabalha lá comigo. Ela disse que não tinha o livro que ele queria, vai ver nem era da editora, ele afirmou que era, sim. Foi quando me deu um estalo, eu me liguei no que ele queria. O coitado estava falando o nome do autor como se lê em português e não como se pronuncia. Me deu um dó daquele sujeito. Não quis dizer que ele estava pronunciando o nome do autor errado, mas cheguei com o livro nas mãos, entreguei para ele e disse, aqui está o livro do Rimbaud, mas com a pronúncia correta. Ele me agradeceu, pagou e foi embora.

Só que até agora ele não sai do meu pensamento. Tá, tudo bem, até existem palavras que as pessoas acabam aportuguesando, mas não um sobrenome, né? Poxa, será que ninguém na faculdade, um amigo, um professor, poderia ter dito a ele que o nome do autor não se fala daquele jeito? Ninguém poderia ajudar o sujeito? Fiquei grilado de dar um toque e ele se sentir ofendido. Longe de mim me achar superior a ele. Não era isso, muito menos queria parecer arrogante, por isso só entreguei mesmo o livro falando a pronúncia certa de forma bem discreta. Aí, a senhora que trabalha comigo mandou uma fala que essa, sim, está aqui bem grudada no meu pensamento.

– Ô, Igor, como você conseguiu adivinhar que era aquele livro que o moço queria?

– Muito simples, escutei bem o que ele estava falando, já tinha visto aquele título aqui no estande e me toquei que só podia ser do Rimbaud. O problema é que ele não sabia pronunciar o nome do autor. Só isso!

– Ah, Igor, só quem conhece muito de livro saberia isso. Você deve ser um excelente leitor.

Quando falamos isso, a Mônica estava chegando no estande e tivemos que contar tudo para ela. Ainda tive que ouvir ela me elogiar e me usar como exemplo. Ainda reforçou a ideia de que só um leitor saberia desvendar aquele enigma.

Que vergonha me deu. Pode não parecer, mas sou tímido. Não gosto que fiquem me elogiando. Engraçado, mas não gosto.

Ih... Entrou mensagem no meu celular. É da Luana! Que linda que ela é! Respondi dizendo que estou no ônibus voltando para casa e perguntei se ela topa me encontrar quando eu chegar. Ela topou! Vou direto para casa dela, quer dizer, passo lá e a gente vai dar uma volta, sei lá! Ai, trânsito, colabora aí, quero chegar o mais cedo possível.

Mais um pensamento para ocupar minha volta para casa: Luana! Como pode de um dia para o outro uma menina ficar tão espaçosa na vida da gente e não deixar espaço para nenhuma outra? Não tem um momento do dia no trabalho que não me pego lembrando os nossos papos na festa.

Será que isso é estar apaixonado? Será que algum poeta teria como me dar essa resposta?

Eita cabeça que não para de pensar. Com toda essa história de Rimbaud, acabei até me esquecendo de que hoje dei de cara com *Metamorfose* lá no estande. Fiquei "olhando" para o Kafka, ele ficou me olhando...

Comecei a perceber que esse papo de metamorfose não desgruda da gente. Hoje me dei conta que mudei de gordinho fofo inteligente para jovem leitor atleta inteligente, segundo a Mônica. Os tais rótulos nunca desaparecem pelo visto, só mudam, mas estão sempre rondando nossas vidas.

Hoje, mesmo sem querer, quase rotulei o moço que foi no estande. Por que a gente gosta tanto de tirar conclusões precipitadas das coisas e das pessoas?

Nossa! Mal vi o caminho passar. Falta pouco para eu chegar na casa da Luana. Hoje descobri que ela mora no bairro vizinho ao meu.

Valeu trânsito, por não estar tão insuportável hoje.

Respira fundo, Igor, se concentra na Luana, se concentra na Luana. Não vai dar mancada e falar besteira. Arruma esse cabelo, essa roupa. Eita que só agora me dei conta que estou suado. Dava tudo por um banho antes de encontrar a Luana. Mas não vai dar tempo. Tudo bem, eu explico que não deu tempo, que vim direto da Bienal. Ai, ela já sabe que eu vim direto. Para, Igor, para de pensar tanto, você já está se enrolando antes de chegar na casa da menina.

Respira fundo, Igor, se concentra na Luana, se concentra na Luana.

A LUANA É LINDA, JÁ DISSE ISSO,

né? Mas não canso de repetir. O pessoal que trabalha comigo lá no estande da Bienal disse que eu estou com cara de apaixonado. Como será estar com cara de apaixonado. Será que está tão óbvio assim que eu não consigo parar de pensar na Luana? Será que minha mãe tem razão? Quando eu comecei com essa história de ficar com as meninas sem namorar sério ninguém, de chegar até a ficar com duas ao mesmo tempo (não quero nem mais pensar sobre esse assunto, já passou...), ela vivia falando:

– Um dia, essa história de ficar com as meninas sem se ligar em ninguém vai acabar, Igor.

– Tá doida, mãe?

– Não, filho, não estou. Mas tenho certeza que no que dia que você se apaixonar de verdade, você vai querer ficar só com essa pessoa, dividir seu tempo, seu espaço, viajar. A vida vai ganhar outro sentido.

– Ai, você e suas certezas, mãe... Nem vem que eu não acredito nesse papo de que alguém possa fazer o outro feliz.

– Ninguém pode fazer uma pessoa feliz se ela não quiser ser feliz, meu filho, já falei tanto isso para você e para sua irmã. Mas quando a gente se apaixona, quer dividir a vida com o outro sem se sentir mal por isso, entende?

– Não sei se entendo isso, não, mãe.

Ou será que estou começando a entender? Será que minha mãe tem razão? Mães...

Engraçado que pensar que esse rótulo 'mães...' pode ter mais de um sentido. Antes eu falava isso achando que mães eram todas iguais, chatas, mandonas e que não entendiam os filhos. Agora pensei que esse 'mães...' pode servir também para o fato delas saberem tudo que a gente vai passar. Mas pensei de uma forma carinhosa. Acho que as mães devem ter uma bola de cristal escondida em algum lugar bem secreto. Não é possível elas anteciparem tudo que vamos viver um dia.

Luana achou o máximo quando eu contei das aulas de cinema e literatura. Ela está fazendo faculdade de jornalismo. Temos a mesma idade, mas ela nunca repetiu o ano... Achei bem legal ela já saber o que quer fazer. Ainda continuo na dúvida, gosto de tantas coisas agora. Eu conversei muito com meus pais e decidi esperar para descobrir o que quero estudar na faculdade. Não vou fazer vestibular este ano. Vou passar pelo menos esse ano só trabalhando e tentando me achar no meio disso tudo. Sem pressa. Eles toparam. Não digo que às vezes meus pais me surpreendem?

Pior que agora não posso nem pensar muito, não. Tenho que arrumar tudo aqui no quarto, porque minha mãe já chamou o seu Tobias para arrumar o chão. Como eu ainda não recebi, ela disse que paga e quando eu receber eu dou o dinheiro para ela.

Vamos lá, Igor, foca na arrumação que esse quarto está bem desorganizado. E minha mãe foi clara, disse que preciso tirar tudo que está no chão e colocar em cima da cama pelo menos. Vamos forrar os móveis, porque raspar a tinta vai fazer muita sujeira. Ela acabou de gritar para eu tirar TUDO do chão, assim, bem alto mesmo. Mandou eu tirar inclusive o que está embaixo da cama. Cara, nem lembrava que tinha alguma coisa embaixo da cama.

Deixa eu ver.

Uau! Não acredito! A caixa Temporariamente fora do ar! Que incrível! Como pude me esquecer dessa caixa? Eram meus tesouros.

Engraçado pensar isso. "Enterrei" os meus tesouros *Metamorfose*, *O sétimo selo* e *Demian* embaixo da cama.

Legal desenterrar meus tesouros. Será que se eu ler *Demian* de novo vou entender melhor o que ele queria me dizer e a pancada na cabeça será diferente? Uau, olhe só o que marquei aqui nas páginas do livro! Partes que falam sobre a vida de todo ser humano ser um caminho em direção a si mesmo, uma busca, que "podemos entender-nos uns aos outros, mas somente a si mesmo pode cada um interpretar-se".

Ah! Achei bem sublinhada a minha frase favorita do livro: "A ave saiu do ovo. O ovo é o mundo. Quem quiser nascer tem que destruir um mundo". Não entendia o que isso queria dizer, mas acho que estou começando a entender. Acho que tudo isso tem a ver com esse Igor que sou, que pensa, que busca. Será que esse caminho em direção a si mesmo, esse destruir um mundo, tem a ver com as metamorfoses e as mortes simbólicas da vida? Começo a achar que sim.

Tirei uma foto da caixa e de tudo que tinha dentro e mandei para a Luana. Ela acabou de mandar várias carinhas de sorrisos ☺☺☺☺☺☺☺☺ e ainda escreveu: "um dia, quero conhecer seu mundo! Ah, seu mundo = seu quarto".

Ainda estou sorrindo sozinho aqui sentado no chão. Ela quer conhecer meu mundo... Respondi: "claro, assim que o chão ficar pronto".

– Igor, já acabou essa arrumação? Olha que horas são! Amanhã o seu Tobias chega cedo para começar o trabalho.

Que poder minha mãe tem de me tirar do sonho e me jogar de volta a esta realidade mundana de arrumar quarto. Ela acabou de gritar e tive que voltar para terminar tudo. Por mim ficaria horas aqui lendo.

Mas vamos lá, foca na arrumação, Igor, que amanhã seu Tobias vem fazer do seu mundo um mundo novo.

Foca na mudança, foca na visita da Luana daqui a uns dias.

MEU QUARTO FICOU SENSACIONAL!

De piso novo. Seu Tobias também pintou as paredes para mim. Ele achou o máximo eu trabalhar para pagar a reforma e quebrou esse galho para mim. Perguntou se eu queria pintar as paredes, disse que sim, mas que não tinha mais dinheiro. Ele me falou para eu comprar a tinta que ele pintava sem cobrar nada a mais. Não sabia nem como agradecer. Mas fiquei lá vendo como ele fazia, ajudando. Foi muito legal. Assim, quando me der na ideia de mudar de cor outra vez já sei como fazer direito.

Luana vem conhecer meu mundo no próximo fim de semana. Estou ansioso para saber o que ela vai achar. Preciso deixar o quarto impecável. Agora que a gente está namorando. É. Agora é oficial. Tenho uma namorada como nunca tinha tido antes. Feito aquele papo da minha mãe. Mais uma vez estou tendo que dar razão a minha "mãe sabe tudo bola de cristal".

Eu e Luana combinamos de ir ao cinema de novo amanhã. Ih... Que mancada marcar esse cinema. Estou sem grana. Minha mesada acabou. O que ganhei com meu trabalho só deu para pagar a obra do quarto. Minha mãe não me aliviou nem um centavinho. Ainda não tenho um novo trabalho. Não tenho grana para ir ao cinema e depois sair para comer com a Luana. Vou ter que pedir emprestado para minha mãe, mas como vou pagar depois? Melhor seria se eu arrumasse um trabalho logo, assim teria uma grana minha e poderia pagar minhas coisas sem depender de ninguém.

Mas espera aí, se eu for pedir alguma coisa para minha mãe, vou ter que explicar tudo. Não tinha pensando nisso antes. Mas não vai ter jeito, ou é isso, ou é isso, porque meu pai está viajando e meus amigos vivem duros também.

Bem, vamos lá, coragem, Igor, porque você não pode desmarcar esse cinema por nada na sua vida. Vou lá! Abrindo aqui a porta, descobrindo que minha mãe está na cozinha preparando alguma coisa para comer.

– Oi, mãe, tudo bem? Como foi seu dia?

– Cansativo, mas foi muito bom. E o seu?

– O de sempre! Quer uma ajuda? Precisa alguma coisa? Que eu vá ao mercado?

– Não, filho, mas o que houve?

– Nada, por quê?

– Quando você fica assim me rondando parecendo um gato, já sei que você quer falar alguma coisa.

– Você sempre sabe, né?
– Nem sempre, filho, nem sempre. Mas o que foi?
– É que eu estou precisando que você me empreste dinheiro para ir ao cinema e jantar fora.
– Hum... Cinema, jantar fora... Só pode estar namorando.
– Como você sabe?
– Como eu sei, Igor? Está na cara, meu filho. De um tempinho para cá que você está mais caseiro, chegando cedo nos finais de semana. Pensei logo: só pode ter namorada no pedaço. Está apaixonado?
– MÃE! Que pergunta!
– Qual o problema, filho? Mas pela sua carinha está irremediavelmente apaixonado. E quando vamos conhecê-la?
– Domingo ela vem aqui, mas pelo amor de Deus, mãe, vê não se não vai ficar entupindo a menina de perguntas.
– Parece até que não me conhece, Igor.
– Mas então, você pode me emprestar ou não?
– Posso te dar de presente esse cinema com jantar, ok? Mas depois você vai precisar se organizar, combinado?
– Mãe, você é o máximo! Valeu mesmo!

Entrando de volta no meu quarto depois da conversa e de dar um abraço bem apertado na minha mãe pedindo para ela falar com a minha irmã sobre o domingo. Que era pra ela não ficar perturbando nem fazendo perguntas sem noção! Que o namoro estava começando e que isso e que aquilo. Minha mãe disse que eu podia ficar tranquilo.

Vou dormir em paz hoje. Mas não sem antes mandar uma mensagem para a Luana. Uma foto com a legenda #apaixonado.

Fico pensando que ainda bem que fui educado por pais com uma cabeça aberta, que deixaram eu me expressar e demonstrar sentimentos. Meus primos são cheios de frescura, falam essas coisas ridículas de que homem que é homem não manda fotos com legendas de menina. Legenda de meninas... Como eles ainda podem falar uma coisa dessas em pleno século 21? Quanta besteira! Mas ainda bem que meus pais são completamente diferentes dos pais dos meus primos. Não ia aturar tanta caretice.

Mas deixa isso para lá porque não estou nem aí para as bobagens dos meus primos. Vou mandar o que me der vontade para a Luana: #apaixonado! No fundo, acho que sou meio romântico.

Enfim, não consigo parar de falar para mim mesmo: é Igor, você acabou de mudar de fase mais uma vez, passou para a seguinte sem nem se dar conta direito. Quando viu, já estava nessa nova fase. E feliz!

Quais serão os desafios da nova fase?

MEU PROGRAMA DOMINGÃO NO CHÃO

teve sua temporada encerrada. Sem o chão pintado isso não tem mais graça. Também tem coisas que não tem mais graça. Não cabem mais em mim. Mas hoje preciso dormir cedo. Amanhã começo a trabalhar numa livraria. Eu tinha comentado com a Mônica que estava a fim de continuar a trabalhar depois da Bienal para ter a minha grana, minha independência. Ela achou isso legal e disse que tinha gostado de mim e do meu desempenho, que ia me ajudar. E assim fez: me indicou para um amigo dono de uma livraria muito maneira.

Na nova fase cabem: Luana, Luana, Luana, Luana... meus pais, é claro, minha irmã, meus avós e alguns primos, os amigos, as corridas, a malhação. Os livros e os filmes também estão na nova fase. Ainda estou tentando saber o que farei da vida profissionalmente, por enquanto o importante é eu ter meu dinheiro, minha liberdade financeira e poder bancar o que quero.

Outro dia tive uma ideia maluca. Dividi com o Hugo e Matheus e eles acharam legal, mas disseram que estão em outra agora. Não ficaram a fim de fazer isso comigo. Vou precisar de ajuda. Não sei por que, mas na hora tive a intuição de chamar o Carlinhos. Será que ele topava fazer isso comigo? Vou perguntar para a Luísa amanhã. Aliás, não vou perguntar isso para a Luísa, não. Nem estou mais fazendo *spinning*, só estou indo na musculação e correndo na praia. Não tenho visto a Luísa pela academia.

Bem, pelo menos ser jovem na era virtual tem suas vantagens. A internet e redes sociais ajudam demais quando queremos encontrar alguém. Vou tentar achar o Carlinhos no perfil dos meus amigos da escola. Ah! Ele deve estar naquele grupo que tínhamos e que nunca mais acessei.

Abre o computador, Igor, procura, procura, procura...

Achei! Pronto, pedi para ele me adicionar, mas já mandei uma mensagem:

Carlinhos, lembra quando você falou que eu mandei super bem no curta lá da escola? E lembra que você disse "Vamos marcar, vou pedir para a Luísa combinar". Então, estou querendo montar um novo curta. Não tenho nada definido, nem sei se você ainda curte essas coisas, mas preciso de ajuda. Topa trabalhar comigo?

Mandei a mensagem e agora vou tentar dormir. Vai ser difícil. Com tanta coisa nova rodando dentro de mim. Tudo novo de novo.

É Kafka, essa tal metamorfose não desgruda da gente não.

É Bergman, acho que pela vida afora vamos jogar partidas contra a Morte, já saquei isso. Parece que a cada momento estamos tendo que "destruir" algo para renascer, como bem disse o Herman Hesse.

Hoje tomei coragem e assisti de novo *O sétimo selo*. Assisti com a Luana quando ela veio aqui conhecer meu mundo. Agora ela já foi. Deixei minha namorada em casa ainda pouco, antes de me fechar aqui no meu mundo.

Meu mundo... Luana no meu mundo... Ah! Foi sensacional!

Minha mãe foi incrível. Fez um super lanche para a gente. Comemos todos juntos. Conversamos. Foi leve. Até minha irmã se comportou bem. Não ficou falando nenhuma bobagem e nem fazendo perguntas que me deixassem sem jeito. Ufa! Depois eu e Luana viemos para o meu quarto. Foi quando assistimos ao filme e eu fiquei impressionado com as coisas que não tinha percebido antes.

A Morte falou para o Antonius Block que há muito tempo ela andava com ele. É... A Morte sempre está ao nosso lado, afinal, nunca saberemos quando será nosso último dia de viver. Fiquei me dando conta disso aqui no meu mundo, ao lado da menina que estou apaixonado.

Engraçado que tem tantas coisas da minha vida que parece que vivi outro dia, mas que já estão tão longe: Igor gordinho fofo. Malhação feito um louco insano sem comer nada. Ficações e mais ficações. Baladas, baladas e mais baladas, todos os fins de semana. Me achar o cara e achar que todas as meninas iam querer ficar comigo só porque tinha emagrecido. Como pode isso? Tantas mudanças o tempo todo? Quando começo a entender quem sou, a vida vem e coloca a Luana no meu caminho. E muda tudo de novo.

Quando reli *Demian* naquele dia, me lembrei de um caderno antigo, dos tempos do projeto de vídeo e literatura. Catei no meu armário e consegui achar, porque tinha certeza que tinha umas anotações e eu queria reler para ver se tinha mudado alguma coisa.

Tinha uma que dizia que *Demian* era um romance iniciático, que descrevia os contatos de um indivíduo com aspectos existenciais de sua personalidade. Achei curioso pensar que eu tinha anotado isso. E a frase que estava em destaque dizia que o livro tratava dos conflitos internos que um indivíduo passava desde a infância, através da adolescência, até sua idade adulta. Será que esses conflitos internos não acabam nunca? Que doido pensar que pode ser assim.

Mas desde que mandei a mensagem para o Carlinhos me lembrei dele e da Luísa. Naquele dia lá na academia, fiquei arrasado pensando: o cara é o maior gordinho e eu todo sarado e a menina vai dar bola para ele. Mas comecei a juntar tudo que o Flavinho, a Luísa e a Mônica falaram com o que meus pais sempre falam, me lembrei das aulas de vídeo, literatura, filosofia, das maratonas de filmes nos fins de semana e fui tentando entender esse tanto de coisa que existe dentro de mim. Esses tais conflitos internos. As descobertas. Acho que a gente aprende a viver pela vida afora. O tempo todo nas tais mudanças de fase. Cada uma mais difícil do que a outra. E num *game*, quando mudamos de fase, não podemos voltar atrás. Descobri que na vida também não.

Parece que a gente tem que arrancar sempre uns rótulos que grudam na nossa mente sem a gente nem se dar conta. Um dia, tive que arrancar de vez a ideia estupida que eu tinha de que gordinhos fofos não namoram ou não são bem resolvidos. Carlinhos e Luísa me mostraram que não é bem assim a história. É... o problema com o gordinho estava em mim mesmo.

Ainda não consegui dormir. Que coisa que essa cabeça não para de funcionar.

Foca no sono, Igor, para de pensar! Foca no sono que amanhã é o primeiro dia de trabalho na livraria. Para de pensar tanto no futuro.

Mas como tirar a tal ideia maluca do pensamento e conseguir dormir? Por que o Carlinhos não responde logo?

IGOR, SUPER TOPO! QUANDO MAR-
camos?

Gosto de lembrar que acordei com esta mensagem. Respondi:

Pode ser hoje à noite? 20h?

Pode. Posso passar na tua casa se quiser.

Fechado! Anota o endereço: Rua...

Aí passei meu endereço e mais tarde vamos nos encontrar.

Me arrumei, tomei café. Minha mãe disse que eu estava sorrindo demais. Pedi uns trocados para ela explicando o motivo nobre do meu pedido. Ela achou graça, aliás, achou lindo e mais uma vez quebrou meu galho.

Saí, passei na esquina da casa da Luana e comprei umas flores do campo e deixei na portaria do prédio dela com um cartão:

Para minha namorada linda. Minha Lua Luana!
Feliz um mês que a gente se conhece!
Igor ☺

Fui trabalhar me sentindo a pessoa mais feliz do mundo.

Bem, já trabalhei e estou fazendo o caminho de volta para casa. Foi legal hoje, tirando umas pessoas chatas que apareceram por lá, gostei bastante. Minha gerente disse que se eu entender como lidar com essas pessoas, vou me sair bem. Ela ficou de olho em mim o tempo todo que eu percebi. Quando ela falou 'essas pessoas', pensei logo nos tais rótulos que a gente vive colocando nas pessoas. Troço mais difícil esse.

Mas andando aqui pela rua, lendo pela milésima vez a última mensagem da Luana, LINDA, sentindo esse vento no rosto, penso que a vida é estranha mesmo. Estranha e cheia de mistérios. Como eu poderia imaginar que teria vontade de fazer um curta outra vez? E que ainda por cima com o Carlinhos.

Uma imagem me veio à cabeça agora. A vida como um eterno jogo de tabuleiro chamado Eu e eu mesmo.

Entrando em casa... Ainda bem que ninguém chegou, assim não me disperso e sobra um tempinho para procurar algum material para minha ideia maluca antes do Carlinhos chegar.

Foca, Igor, foca no curta, tenta se lembrar de tudo que aprendeu nas aulas do Artur e em todas as suas leituras. Tudo que já viveu até hoje e bota essa cabeça para funcionar.

Hum... claro... preciso de uma história para contar, assim começa um filme, com uma escolha. Escrever um roteiro, óbvio, com desenvolvimento dos personagens, do enredo, acontecimento interessantes, arco dos personagens, essas coisas todas que aprendi nas aulas do Artur.

Pensei que poderia ser legal contar de um jeito muito original a minha história, com as metamorfoses que passei, as mortes simbólicas, as tais buscas que não acabam nunca. Melhor, não contar só a minha história. Isso pode parecer uma atitude meio egocêntrica e ficar meio sem graça. Mas quem sabe se eu buscar histórias, várias histórias interessantes de metamorfoses, não poderia juntar com a minha e criar esse curta? Cada um com as suas próprias metamorfoses.

Isso, boa ideia! Eu e eu mesmo: metamorfoses. Esse pode ser o título do curta, mas agora preciso de um bom roteiro. Vou precisar escrever, mas o Carlinhos vai poder me ajudar. Nossa! Olha só isso aqui que acabei de achar, umas anotações de quando estudamos sobre o Bergman. Cara, incrível, parece até que o universo conspirou a meu favor. Olha só o que ele disse: "estar só é se fazer perguntas; filmar é encontrar as respostas". Incrível ler isso justo hoje. Achei também o meu *Manual do Cineasta*, que máximo! Nem lembrava que tinha! Foi meu pai quem me deu de aniversário de 15 anos. Vai ser bom reler agora depois de tudo.

Uau! Acabei de me dar conta que marquei com o Carlinhos bem na hora que vou malhar. Nem me toquei disso quando combinamos o horário. Ah! Também, qual o problema de não ir à academia um dia? Tudo bem, amanhã eu vou. Hoje temos muito que fazer. Sem hora para parar.

Mandando mensagem para a Luana antes do Carlinhos chegar. Escutando mãe e irmã entrando em casa. Vou lá avisar que vamos trabalhar aqui no quarto até tarde, para ela não se preocupar com nada. Ainda bem que hoje é dia de pizza. Minha mãe sempre pede pizza nas segundas, porque chegamos todos tarde em casa. Ih! Campainha tocando! Nem ouvi o interfone.

Agora não tem volta. Será que estou ficando maluco? Não, acho que não. Perguntas já me faço de sobra, filmar agora será apenas tentar buscar respostas. E vamos lá!

MAIS UM ANO VIROU. NÃO ESTOU mais tão obcecado por malhar o tempo todo, mas não consigo mais pensar minha vida sem algum tipo de atividade física. Parece que meu corpo pede isso. Por isso, além de continuar malhando, minha vida tem sido um misto de coisas: namorar, trabalhar, fazer o curta.

Namorar, trabalhar, fazer o curta.
Namorar, trabalhar, fazer o curta.

E tem sido sensacional fazer esse curta. Altas pesquisas, altas entrevistas com uma galera superinteressante, altas buscas, muitas descobertas, fotos incríveis, histórias sensacionais, vários debates e filmagens. Fazer um curta assim, com orçamento praticamente zero é complicado, mas ao mesmo tempo é instigante. Temos que buscar alternativas que não pensaríamos se tivéssemos grana. Haja criatividade!

Quando as aulas começaram, eu e Carlinhos fomos lá na nossa antiga escola procurar o Artur e pedir uma ajudinha básica. Foi estranho entrar na escola, um misto de sentimentos misturado com lembranças e cenas vividas naqueles corredores, nas salas de aula, no pátio, na quadra. Ao mesmo tempo foi bom. Saímos de lá animados.

Carlinhos tem se mostrado parceirão. Luísa e Luana acabaram ficando amigas. Também, pudera, né? Os namorados vivem grudados filmando. Elas têm sido incríveis. Ajudam a gente sempre que podem. Luísa dá altas dicas para cenários e figurino. Ainda bem que ela faz faculdade de Belas Artes e saca muito de tudo isso. Ela é daquelas alunas nota 10, sabe? Luana prefere ajudar nas pesquisas e já está vendo como podemos conseguir qualquer tipo de patrocínio, de ajuda, porque a cada dia as coisas crescem e amadurecem. Ela já está pesquisando até os festivais que a gente poderá se inscrever quando terminar tudo. Essa minha namorada é demais! Acredita no meu sonho e no meu sucesso antes do trabalho ficar pronto.

Eu e Carlinhos estamos estudando pesado para fazer tudo da melhor forma possível. Não é porque é um curta de baixo orçamento que vai ficar ruim ou coisa de amador. Não mesmo! Queremos fazer um trabalho profissional. Fizemos um *storyboard* maneiríssimo, precisa ver. Também já determinamos tudo que precisaremos para as cenas, estamos selecionando as músicas, os atores, tudo que será necessário. Vai ficar sensacional. Sinto isso! Sabe aquelas intuições que te dizem que vai dar certo, então? Estou com uma dessas. Não sei se é bom ou ruim, prefiro achar que é bom e que é um sinal.

Artur adorou saber que dois dos seus ex-alunos estão fazendo um curta com a temática que estamos abordando. E naquele dia que fomos na escola me dei conta de uma coisa. Quando eu era aluno do Artur, nunca tinha percebido que ele é bem gordinho, sempre foi. E pelo visto não tem problema algum com seu corpo. Tanto que nunca tinha me dado conta disso. E eu sempre achei o Artur O CARA! Nota mil mesmo. Grande mestre!

Que engraçado, parece que nossos olhos filtram apenas o que podem enxergar numa determinada fase. Vai ver é a luz daquela fase que não nos deixava ver tudo. Vai ver é como enxergamos o mundo ou será que tem a ver com o eterno jogo do Eu e eu mesmo, das metamorfoses? Sei lá! Vou ter que procurar minhas respostas filmando, como bem disse o Bergman.

Ainda bem que o Artur emprestou um material muito bom para a gente e colocou seu estúdio a nossa disposição. Ele também se comprometeu a nos ajudar no que precisarmos. Senti firmeza e fiquei até mais tranquilo. Afinal, ele era nosso mestre. E nada melhor do que ter ele por perto neste momento.

Fecho os olhos e só consigo pensar em quanto eu caminhei para chegar até aqui. Tantos sufocos, tantas histórias. Muitas mudanças de fase... Muitas.

Será que isso é a vida? Será que isso tem a ver com o tempo da vida que minha mãe tanto gosta de falar? Vai saber... Vai saber se um dia as perguntas terão respostas. Podem até ter, mas quando encontramos respostas começam a aparecer novas questões, que isso eu já descobri.

Ainda bem que estou filmando.

TUDO PRONTO! MESES TRABALHANDO, meses me dedicando ao curta. Meses de sufoco, de conciliar trabalho, namoro, malhação e gravações. Eu e Carlinhos com as meninas e o Artur nos ajudando. Incrível! Nunca imaginei que fosse fazer um roteiro ou gravar algo de novo na minha vida. Mas fiz! E deu certo. Quer dizer, fizemos! Somos uma equipe.

É, aqui estou Eu e eu mesmo passando de fase novamente. Etapa seguinte: Eu e os outros. Isso me assusta. Momento de mostrar o curta, de me expor. E tudo porque Luana já inscreveu o curta num festival. Que frio na barriga, que medo que me dá pensar que o curta será assistido por muita gente boa do meio. Artur já falou que não importa se vamos ganhar ou não, que o importante é saber que fizemos um bom trabalho juntando tantas histórias diferentes e interessantes.

Tá, tudo bem, minha mãe sempre diz essas coisas, que o importante é saber que fizemos um trabalho legal e que não devemos nos preocupar se não ganharmos. Mas eu e Carlinhos estamos super querendo ficar entre os dez finalistas. Isso ia dar o maior gás para gente fazer novos projetos. Mas enquanto esse resultado não chega, hoje à noite vamos reunir uma galera aqui em casa para fazer a primeira sessão oficial de lançamento do curta entre amigos e família. Já arrumei o projetor e estou aqui repassando para ver se está tudo OK.

Ih! Campainha tocando. Estou aqui abrindo a porta e, aos poucos, recebendo meus amigos, meu pai, o pai do Carlinhos, a Luísa. Luana já está aqui desde cedo. Minha mãe e irmã também.

Uau! Que frio na barriga. O que será que as pessoas vão achar? Artur trouxe até um amigo cineasta para fazer uma crítica e publicar num blog de cinema. Que medo! E se esse cara não gostar? E se ele arrasar com nosso curta? Ai, chega! Chega de pensar! Foca na sessão do curta, Igor! Esquece o que ainda não aconteceu.

– Eu estou com o maior medo, Carlinhos. E se o amigo do Artur não curtir?

– Desencana, Igor. Agora é tarde para sentir medo. Estão todos esperando. Vamos lá! Vamos apresentar nosso curta que foi para isso que a galera veio aqui essa noite. Vai lá e abre os trabalhos.

– Eu? Sozinho? Mas o filme é nosso.

– A ideia foi sua, vai lá e assume o comando, meu caro!

Indo! Não tenho mais como fugir de tudo isso.

Ufa! Expliquei tudo e terminei dizendo:

– .... e o que vocês vão assistir agora é fruto de tudo isso. Então, vamos lá!

– E o que você vai fazer depois, Igor? Se vocês vencerem o concurso, vai querer continuar fazendo cinema?

– O que farei depois? Ah! Sei lá, não pensei sobre isso. Não sei se preciso escolher ser uma coisa só, ou seguir um só caminho. Gosto de tantas coisas. Quero viver sem rótulos.

Viver sem rótulos. Falei isso e fiquei rindo sozinho enquanto começamos a sessão. É isso, quero começar a viver uma vida sem rótulos. Eu e eu mesmo. Eu e os outros. Eu e as metamorfoses. Eu e meus sonhos, que não são poucos. Na verdade, acho que vivemos de metamorfoses e de sonhos.

É isso! A vida é feita de metamorfoses e de sonhos... Gostei de sacar isso, ainda mais agora que o curta ficou pronto. Um sonho meu virando realidade, marcando uma nova fase que não sei ainda como será, mas agora foca no curta, Igor, foca no momento. Esquece o depois.

Pronto, sentei ao lado da Luana, segurei sua mão e é isso. Que venha o que tiver que ser. Estilo "deixa o destino me levar". Sem rótulos!

ANNA CLAUDIA RAMOS

De metamorfoses e de sonhos é um livro muito especial, pois a inspiração para escrever esta história nasceu em minha casa, com meu filho mais velho. Uma parte do que está neste livro foi baseada em fatos reais, outra foi pura invenção. Depois da inspiração vieram momentos de muito trabalho com o texto, que fala de sonhos, mudanças, determinação e que dialoga com a literatura e o cinema. Dar voz ao Igor foi muito bom, porque pude mostrar que sempre é possível redirecionarmos nossas vidas. Vibrei com cada conquista deste personagem. Fazê-lo descobrir que não bastava emagrecer para ser feliz foi sensacional.

SURYARA BERNARDI

Sou ilustradora e me formei em Design Gráfico. Me dedico a criar imagens para livros infantis e infantojuvenis há alguns anos. Trabalhar com esse livro foi uma experiência muito interessante pois pude deslocar a perspectiva, distorcendo os ângulos e usando metáforas para enfatizar aspectos da personalidade do personagem. Isso me ajudou a trazer à tona as confusões e angústias dos adolescentes em uma sociedade tão exigente. Além disso, o livro faz referência a um dos meus autores preferidos: o Kafka.

Este livro foi composto com a família tipográfica
Chaparral Pro, pela Editora do Brasil, em junho de 2016.